José Luis Guil Guerrero

HOROLOGIO

© 2017
Editado por Ediciones Alféizar
C/Francisco de Borja Pavón 1 - 1º - 2
14002 - Córdoba - España
Telef.: 34 600 792 762
Email: edicionesalfeizar@hotmail.com
Web editorial: www.edicionesalfeizar.com
ISBN: 13-978-84-947009-5-8
Depósito Legal: CO 820-2017

Dirige tu talento hacia el resplandor

De la Verdad, doquiera surja su fulgor.

Lisan al-Din ibn al-Jatîb

ÍNDICE

Nota del autor

Este libro es el fruto de largas reflexiones en torno a las últimas horas de Boabdil en la Alhambra, cuando la destrucción de Granada pivotaba en torno a un eje que él mismo había forjado. En este trágico escenario emerge la espiritualidad contenida en el "Libro de las Horas", obra del sufí granadino Ibn al-Jatîb. El legado poético de este poeta era omnipresente para la realeza nazarí; sus poemas inundaban las paredes del palacio de la Sabika, y sus tratados filosóficos y medicinales eran de obligada lectura para todos sus miembros.

Tras una primera lectura de dicha obra, noté que el sentido de los poemas originarios se hallaba velado tras de la traducción de la que disponía, por lo que me apliqué a realizar una interpretación algo más acorde con el ánimo que intuía en el escrito original, intentado conectar con la esencia última del pensamiento de este genial filósofo. Conforme avanzaba en tal trabajo, cada uno de los capítulos que forman tan admirable conjunto poético desencadenó en mí una suerte de variadas reflexiones que ahora se hallan plasmadas en el presente libro.

Los poemas cuya autoría corresponde al polígrafo nazarí se identifican fácilmente en el contexto de la obra; el resto de poemas y prosa poética que aquí aparecen son de cosecha propia.

José Luis Guil Guerrero

La Hora Prima. En el valle de los olivos negros

Alentada por una incipiente luz, una desvaída luna llena surgió de entre la lenta sucesión de montañas que en la lejanía cerraba el arco del horizonte. Roja y lenta, su nítido halo inundaba un cielo vacío y sin estrellas, y fluía sobre las murallas que desde la Sabika alcanzaban Granada, envolviendo a la ciudad en su claro sudario. Los herrumbrosos contornos de la Alhambra, tan sólo un esbozo de sombras desplomadas sobre la ribera del Darro, parecían buscar el imposible regreso a la luz del día.

Boabdil se hallaba en su colina, aislado. Aquella noche, en la quietud de su oratorio y con la expectación de un condenado que aguardara un imposible perdón, contemplaba la salida del fiel astro. Su visión lo hacía sentirse al mismo tiempo parte de la creación y de la destrucción del mundo; reo de una ciudad a la que los cristianos ya habían cercado y de la que esperaban su pronta caída. El frío y el hambre eran los nuevos comensales en la vacía mesa de los nazaríes. Para el sultán y su pueblo, cada nuevo día era el anticipo de una amarga luz, a la espera de aquella que anunciaría el seguro final del emirato.

Tras el rezo del ishá, Boabdil se dirigió a la sala del Mexuar, siguiendo un acostumbrado ritual que había comenzado algunas semanas atrás. Esa noche, sin embargo, sería distinta; el sultán había previsto escuchar hasta la madrugada el recitar de los versos del horologio para, fundido en sus acordes, intentar alcanzar la mágica embriaguez con la que diluirse en el inquietante abismo de sus sueños. Puntuales a su cita, hora tras hora, escucharía los poemas más sublimes de Ibn al-Jatîb, a los que anhelaba como a un bálsamo que suavizaría la aspereza sin límites de su espíritu. Esperaba fascinarse en la contemplación de los doce rollos de papel que descenderían, inexorables, a través de las gargantas de aquel ingenio; rollos que contenían enigmáticos poemas destinados a ser revividos durante breves instantes en la voz del recitador. La máquina de las horas, tan certera como la muerte que tras de las murallas acechaba, había sido reparada y provista de velas, buscando con ello alimentar el obligado ocio de los cortesanos nazaríes.

El ingenio que mediría el tiempo ya se hallaba dispuesto. Un criado había encendido su gran cirio central, eje perfecto seccionado en doce rayas divisorias, en torno al cual pivotaría la noche. Su plana curva mostraba trazados con esmero el rojo y grana de las horas. El sultán se disponía a presenciar cómo, tras unos lapsos simétricos, las cuerdas del fantástico aparato que ordenara construir hacía ya casi ciento treinta años su antepasado, el sultán Mohammed V al-Ghanî, ardían siguiendo un orden milimétricamente establecido; orden con el que se seccionaría la noche en intervalos precisos.

Desde hacía algunos meses, el transcurso del día constituía para el nazarí un largo viaje al que siempre intentaba dar un rápido final. Llegaría el abismo de la noche, pero antes habría departido hasta la saciedad con Muza, el amir de la guerra, acerca de nuevos descalabros de sus tropas, y fingido ante sus parientes una imposible normalidad, siempre evitando hablar de los desastres militares que sin descanso acaecían, buscando así el no alarmarlos. También habría precisado mostrarse animoso ante los jefes de armas y ante sus amigos… Agotado, sólo se consideraba dueño de unas pocas horas en el umbral de la noche; espacio muerto en el que de él nada se esperaría, y lo que decidiera no se cuestionaría o malinterpretaría. Se dirigía pues a su auténtico reino, como si un sultán de las sombras fuera, aliado del único tiempo posible en el que aún podía reconocerse a sí mismo, donde intentaría resolver la incertidumbre de las palabras del místico sufí. Allí esperaba diluirse, tanto en la noche como en la acritud del aroma a vela, de cuyas hirvientes gotas nacería el hijo de Urano, Cronos, verdugo inapelable, artífice de la naturaleza última del tiempo; siempre atento a los finos cordeles de lino que en las horas plenas el fuego seccionaría. La débil luz del cirio estelar se preparaba a engendrar versos impregnados de gotas de cera; versos que una vez declamados morirían en la noche, y tan sólo hurgando en su sublime recuerdo podrían ser interpretados.

Siempre absorto en sus pensamientos, el sultán dejó atrás el oratorio donde se había extasiado contemplando el firmamento y sus astros, mientras encaminaba sus pasos hacia el Mexuar. Detenido en el umbral, convergieron en él las miradas de los miembros de la corte nazarí. Boabdil intentó transmitir su dominio de la situación a través de una fingida

13

calma. Cuando en el recién abierto vacío hubo localizado la piedad de la celosía que fiel lo aguardaba, comenzó a caminar mecido en la inquisitiva mirada de la Jassa, como si desde sus ojos partieran grilletes dispuestos a ceñir su cuerpo. Lento, casi soberbio, sintiendo cómo a su paso se rompía un eco de inconfesables murmullos, no tardó mucho en situarse ante el primer peldaño de la escalera de madera labrada que nacía en el centro de la sala. Ascendió aquella mágica rampa como si un águila se dirigiera a la posición precisa desde donde con ventaja otearía la vasta amplitud de su territorio de caza. Breves instantes después alcanzó la plataforma sustentada por columnas de mármol que albergaba su privilegiada atalaya. Allí tomó asiento en un mullido almohadón de pluma que parecía aguardarlo, gozando así de una privilegiada posición central entre los miembros de su familia.

Ya acomodado, comenzó a prestar atención a todo aquello que se desarrollaba en su entorno. Rodeando al horologio, nacía un primer círculo compuesto por los más destacados miembros del Mexuar. Todos, sin excepción, habían decidido acompañarlo hasta que el sueño venciera su ánimo. En un segundo círculo, en uno de cuyos sectores se hallaba él, se situaba el resto de la Jassa; los personajes más notables del sultanato, todos ellos simétricamente hundidos en amplios almohadones de vivas tonalidades doradas y purpúreas, bordeando un espacio que pertenecía al sultán. Algo alejado, en una de las esquinas de la sala, se hallaba El-Muleh, el alcaide. Mostraba una expresión melancólica y serena que parecía acompañar la sobria determinación que traslucía en su afilada nariz aguileña y sus brillantes ojos. El dibujo de sus labios, contraídos y apretados en un gesto que parecía causado por alguna imprecisa contrariedad en torno a la que cavilaba, hacía presagiar que las negociaciones que desde hacía algunos días mantenía con los monarcas cristianos en ningún caso serían favorables para los nazaríes. Aben Comixa, visir del sultanato, se hallaba apoyado de espaldas sobre los azulejos que ornaban las paredes de la sala. Su larga barba, blanca y veteada de hebras cobrizas, semejaba un amanecer entre la nocturnidad que le confería su moreno rostro. Embutido en una gruesa y larga marlota añil, su cabeza casi desaparecida bajo un amplio turbante, parecía el heraldo del próximo infortunio, aislado de todo lo que acaecía esa noche y envuelto en un invariable halo de misterio, tan tenebroso como los conciliábulos que junto a El-Muleh estaba desarrollando con los cristianos. Otros miembros de las familias más nobles de Granada acompañaban al sultán. Los Benegas, Gomeres, y otros notables personajes intentarían diluirse en la misma soledad que atenazaba a su señor.

Ajeno a las vicisitudes de la corte el tiempo seguía su curso, ya medido por el horologio. El fuego había mermado casi por completo el tramo de cirio correspondiente a la primera hora, y pronto alcanzaría a quemar la cuerda a él atada. Ello conllevaría el descender de un pestillo y la consecuente caída de una primera bolita, la cual iría hacia uno de los platillos de cobre que circundaban la máquina, donde al caer la piedrecita de turno, un chasquido metálico permitiría conocer que la hora prima se extinguía. El recitador, en paciente espera,

15

aguardaba sentado sobre una pequeña alfombra junto al ingenioso aparato. De súbito, éste se incorporó; ya se había escuchado el apremio de la hora, lo que de inmediato indicó con severa expresión de su rostro al encargado del horologio. El interpelado, a instancias del sonido y de la mirada del recitador, tras erguirse con rapidez, tomó un pequeño pergamino enrollado que acababa de ser regurgitado por aquella máquina. Pausado, pareciendo mover su cuerpo sólo lo justo como para desempeñar tal acción, el encargado dirigió sus pasos hacia donde se encontraba el recitador. Detenido ante él, extendió su brazo derecho y le ofreció el pergamino. Éste lo tomó sin alterar la hierática expresión en su rostro, y de inmediato comenzó la lectura del poema seleccionado, inundando la sala con su poderosa voz:

Ya se fue la hora prima de la noche,
Sometiéndose a Dios al disiparse.
Del tasbih nocturno fue grano caído,
Aunque insólito sea tasbih descosido.
Con ella huyó la alegría, que así parten
Tras vividas, las horas gozosas.

Apenas hubo leído este párrafo, el recitador carraspeó, como si estas primeras palabras lo hubieran ahogado momentáneamente. Este lapso permitió al sultán, guiado por los renacidos versos del poeta y visir, comenzar una reflexión sobre su pasado. Tal vez, como un tasbih, su vida debería

16

haber contenido noventa y nueve granos, mas como aquél había sido reducida a treinta y tres, quizás como consecuencia de sus muchos pecados ¿tendría por ello la obligación de repetir dos veces su aciaga vida, para expiar los sesenta y seis granos restantes?

El recitador no dio mucho tiempo al emir para meditar acerca de sus muchas cuitas; pronto se recompuso, y con una voz que vibró en el aire como un trueno, continuó con la recitación de aquel primer poema:

Mantén el alma pura, oh Sultán, no la vistas
Con etéreos velos cargados de ilusiones.
Dirige tu talento hacia el resplandor
De la Verdad, doquiera surja su fulgor.

El recitador procedió a enrollar el pergamino tras haber recitado estos cortos versos, manteniendo un expresivo gesto. Al girar el rollo entre sus manos emitió un suave crujido, como si tuviera vida propia, indicando con ello el comienzo de una pausa. Éste había sido instruido acerca de realizar cortos y espaciados descansos, para permitir a la audiencia meditar sobre el sentido exacto de los versos del genial poeta; versos que desde la profundidad del tiempo ahora revivían. Reinó entonces un tenso silencio en toda la sala que nadie osó rasgar, hasta que tras un tiempo que se antojó muy largo, pausadamente, el recitador volvió a desenrollar el pergamino para continuar su lectura. Se palpó entonces en el aire una fuerte expectación por escuchar por completo el poema que acababa de descender por la minúscula rampa del tiempo.

¡Ben Nasr, ostentas el nombre del Profeta!
Nacido eres por ello a la gloria de Dios
Y si cualquier batalla emprendieras, la victoria
Desde el Altísimo ante ti se postraría.
Con el brillar de la Verdad, las almas
Rasgan sus velos y se desnudan.
"Si a Dios hicieras cuantioso préstamo,
Pronto Dios lo doblaría".
Demos gracias a Dios, por siempre sumisos,
Pues Él abre de nuevo las esperanzas cerradas.

El sultán permanecía atento; tales consejos le eran de sobra conocidos. A pesar de la sensación de intimidad y protección que le proporcionaba la entrelazada misericordia de la celosía circundante, creyó notar cómo los acusadores ojos de sus súbditos penetraban a través de los finos hexágonos del entramado de madera. Al unísono, se comparó a sí mismo con un ave atrapada en una jaula, a la que todos admiran por su belleza, pero a la que también niegan una imposible libertad.

El mensaje escrito por el poeta y filósofo no era nuevo para el sultán; sus libros le eran familiares, y como siempre, le inducían hondas reflexiones ¿Podría dirigir su pensamiento hacia el fulgor de la verdad? En las difíciles circunstancias que le tocaba vivir, su más claro referente con el que compararse sería con una alif, a punto de ser borrada tras apenas haber sido escrita. No hacía mucho tiempo que había arrebatado la Alhambra a su tío Al-Zagal; su primer acto político en Granada tras su regreso de la prisión cristiana de Loja. Tal éxito lo debía en buena parte a los cristianos, quienes le habían ayudado en la guerra contra su familiar. Pero esta ayuda le había supuesto la obligación de humillarse hasta la saciedad, pues sólo le habían permitido regresar a Granada a cambio del compromiso de no interferir en las guerras contra su tío, así como el de retirarse a Guadix como duque cuando su oponente fuera vencido. Además, había tenido que entregar a su propio hijo a los cristianos hacía ya algunos años, como trueque por su liberación tras el desastre militar de Lucena, que le había llevado a su primera prisión… ¿No sería él ya una simple letra a punto de ser diluida en la nada más absoluta?

El sultán notó cómo desde sus enrojecidos ojos se desbordaban algunas lágrimas, y cómo formaban un hilo fino y frío que llegaba hasta la comisura de sus labios, y finalmente le hacían sentir su intenso sabor salado… ¿Tendría Dios reservada para él la apertura de una esperanza ya cerrada? Todo parecía indicar que Dios había apartado su mirada de ellos, tal vez por la insolente soberbia de su emir, quien se hallaba lejos de la sumisión recomendada por el sufí que en aquellos momentos les hablaba desde los oscuros entresijos del pasado.

Acabado este primer poema, el recitador enrolló el pergamino que lo contenía y procedió a guardarlo en una mesita cuya superficie de cobre, a la luz de las velas cercanas, brillaba como un astro nocturno en medio de la oscuridad de la sala. En ese preciso instante, uno de los presentes que se hallaba acomodado junto a El-Muleh se levantó muy despacio de su asiento, atrayendo con tal acción la mirada de todos los congregados.

Se trataba de un poeta al que Boabdil conocía bien; era Aben Joseph, un sufí de la familia de los gomeres, cuyos versos ya había tenido ocasión de escuchar en algunas de las veladas vividas en aquella misma sala. Aquella noche, como norma habitual, se permitía la declamación de otros poemas distintos a los que salieran del horologio; pero antes debía ser autorizada su lectura por el sultán. Con esta idea en mente y con suma lentitud, el aspirante a recitador caminó en dirección a la celosía que ocultaba a Boabdil y sus más próximos allegados. Ya detenido ante aquella débil barrera inclinó su cabeza, lo justo para que tal acción no pasara desapercibida, a modo de petición de permiso para proceder con la declamación. Tras unos instantes que se hicieron eternos a toda la audiencia, una corta pero inequívoca afirmación surgió tras de las finas maderas, autorizando la lectura. Ya legitimado, el enigmático personaje deshizo su caminó sorteando el laberinto formado por los muchos asistentes que se hallaban desperdigados por el suelo, hasta que alcanzó el lugar que antes había ocupado el recitador. Situado de espaldas al horologio, extrajo un gran reloj de arena de una bolsa que pendía de su cinto, el cual levantó por encima de su cabeza para que pudiera ser visto con claridad desde todos los rincones de la sala, y con un rápido giro de su mano lo volteó. Desde ese momento y a los ojos de toda la Jassa, iluminados por el gran cirio que dominaba el horologio, unos finos y brillantes granos comenzaron a medir el tiempo en su caída. Tal gesto silenció de inmediato el murmullo que había acogido al poeta. Éste, una vez que notó cómo convergían en él las miradas de todos los cortesanos, desanudó lentamente una bolsa de cuero que colgaba de su hombro y de ella extrajo un rollo. Extendido y tenso el rollo entre sus manos, Joseph buscó la luz de una lámpara de candiles de aceite que pendía del techo por medio de una gruesa cadena de hierro policromada de rojo y dorado, y tras recorrer con la mirada el espacio que ocupaba la audiencia, dio comienzo a la lectura de un poema:

Atiende, Muley, la tenue llama que ilumina
Nuestros pasados sueños y sus glorias vanas.
En ella nacemos, rayos de un sol desechados,
Para en la tiniebla apagarnos; débiles gotas de nada
Esparcidas entre las negras piedras de la noche.
La mirada de Dios busca, Ben Nasr, es el nítido rayo
Que entre las sombras nuestro destino guía.

Heridos por frágiles cristales de sueño,
Vivir creemos, huérfanos de astros lejanos,
Cuando avistamos un leve destello en la lejanía.
Son los ojos de Dios, luz que al alma reconoce

Y da alas para que a Él se dirija;
Destino y faro dichoso; crono de nube
Que ante el abismo nuestras pisadas guía.

Cuando las pasadas glorias su aliento extinguen,
Y su estéril polvo en el Yahannam se hunde,
Fulge la Verdad que en sus Manos nace.
Dorada luz; salvación que de Él emana;
Grano eterno en el tasbih divino y dulce voz
Que las rendijas del tiempo surca; frágil nube
Asida al destello que en la oscuridad la guía.

Ícaros nocturnos de lejanos cielos caídos,
En el aire surcamos la palidez de la mañana,
Hacia un mar eterno las alas extendidas,
Buscando en una fatua luz la inmortalidad
Que trasluce en el hielo de sus rayos esquivos.
Halla en la Luz la Senda, Ben Nasr; si a tu pueblo
El pan de la Verdad niegas, de Él te apartaras.

Vibra en Él, que calienta el frío éter con fuego calmo,
Y acoge nuestros mortales deshechos;
Nuestra sangre fermentada; plumas ligeras
Que serán tenue polvo, sueño perdido y nocturnidad
Acogida al profundo océano del olvido.
En Él no hay desesperanza, Muley; si a su Nombre
Nos encomendamos, en la Luz de Su Llama viviremos.

Un largo silencio acogió el final de aquel corto recital. Unos meses atrás, habría sido inaudito que bardo alguno hubiera hablado en aquel tono moralista al sultán; ahora, sin embargo, todos intuían que muy pronto dejaría de serlo, por lo que éste ya había perdido gran parte de su autoridad sobre los notables del reino, quienes tan sólo se preocupaban en conocer cuáles de ellos acompañarían al sultán como cortesanos a su próximo destino, presumiblemente, las Alpujarras. Por ello, como respuesta a aquellos versos, un profundo silencio reinó durante varios minutos, tan espeso como la noche velada tras las ornadas vidrieras que delimitaban la cúpula del Mexuar.

Reconociéndose en la desesperanza que traslucían los simbólicos versos de Aben Josef, pero también en la luz que anunciaban, Boabdil descendió de su plataforma para dirigirse de nuevo a su oratorio privado, con la intención de permanecer en la más estricta soledad hasta la ya cercana cita con la próxima hora.

Algunos instantes después, oculto en su refugio y dirigida su mirada a las últimas luces que en la colina del Albaycín aún se resistían a desaparecer, tras algunos dificultosos intentos de desasirse del sueño que lo anegaba, un inquieto sultán se decidió a caminar en solitario por los jardines exteriores del palacio.

Se precavió entonces de desvestirse y desprenderse de sus signos de realeza, como sus muchos anillos, para así evitar ser reconocido. De un pequeño armario tomó una sencilla y discreta marlota, en la que se enfundó con rapidez, luego calzó unas alpargatas, y una vez se notó acogido en las sombras, salió al exterior. Zigzagueó con alguna dificultad hasta alcanzar el patio próximo, siempre esperanzado de que una corta caminata le ayudara a serenar su inquieto ánimo hasta la llegada de la próxima hora.

Gracias a la claridad de una desmesurada luna llena, pudo orientarse en la noche lo suficiente como para dar algunos cortos y nerviosos paseos alrededor de la fuente central, donde poco antes había cenado en compañía de su familia. Una vez que se hubo relajado un tanto, ya decidido a retornar al Mexuar, notó cómo por una de las puertas al patio abiertas emergía una figura en la que, sin dudarlo, reconoció a su madre. No obstante, tal silueta le hizo pensar que, a pesar de la familiaridad de sus formas, estas no se correspondían con las de la misma persona a la que pocas horas atrás había despedido en el mismo lugar.

Observó entonces a aquella mujer con mayor detenimiento y extrañeza, ahora más cercana y torneada por la luz de la luna, e intentó reconocer en ella otros rasgos que le permitieran conocer de quién se trataba realmente. De súbito, el sultán quedó sumido en un estado de honda perplejidad; ya no tuvo el menor atisbo de duda: era su madre, pero ésta aparentaba un aspecto mucho más joven; era como él la recordara varios años atrás, antes de iniciar las luchas contra su padre. Ante esta desconcertante realidad, Boabdil enmudeció, mientras notaba cómo sus miembros se tornaban fríos y se paralizaban, en tanto que su corazón comenzaba a latir con sorprendente rapidez.

Por su parte, en apariencia ajena a la turbación de su hijo, la aparecida continuó caminando, lenta y sin inmutarse, hasta que se detuvo a unos pocos metros delante del sultán. Éste reparó entonces en que, a pesar de su fisonomía cambiada, su madre portaba el mismo velo e igual túnica que vistiera en el pasado día, lo que contribuyó a desconcertarlo aún más.

Su joven madre, en el mismo tono autoritario con el que siempre le había hablado, ordenó:

—Sígueme, Bu Abdal-lah —tras pronunciar estas palabras, asió a su hijo de la mano y le obligó a caminar tras de ella en dirección a un corredor abierto a una de las esquinas del patio, el mismo lugar por el que había aparecido algunos instantes atrás.

Siempre a través de un estrecho pasillo que se hallaba completamente a oscuras, anduvieron mucho tiempo; tanto que Boabdil creyó que en el exterior ya habrían despuntado los primeros rayos de la mañana, pero continuaron la marcha sin descanso alguno, siempre asidos de la mano y sin mediar palabra. A pesar de la escasa orientación que le permitía aquel laberíntico corredor, el sultán creyó haber dado dos fuertes giros, por lo que en poco tiempo tuvo la sensación de encontrarse de nuevo en el punto de partida. En una ocasión, gracias a la luz que se filtraba a través de un ventanuco, Boabdil pudo ver algo de lo que ocurría a su alrededor; mas nada le resultó muy llamativo, tan sólo algunos letreros de alabanza a Dios trazados sobre unas telas que decoraban aquella zona de la gruta. Entonces sintió la tentación de preguntar a su madre la razón de aquella caminata, y el motivo por el que ahora presentaba un aspecto tan rejuvenecido. No obstante calló, muy azorado ante las sinuosas formas que ella mostraba, así como por su eterno temor a contrariarla. Finalmente, el nazarí se sintió muy cansado a causa de la larga marcha, tanto que casi no sentía sus piernas; pero tampoco se atrevió a sugerirle a su madre un descanso, por lo que continuó caminando tras de ella hasta que creyó que la extenuación que le anegaba le haría caer al suelo en cualquier momento.

Antes de que el cansancio lo venciera por completo llegaron a una sala muy amplia, y aunque el sultán comprendió de inmediato que era imposible encontrarse allí, su suntuosa decoración le recordó la Sala de Comarex. Sostenida en medio de un gran ventanal, una estremecedora luna llena alumbraba los vivos motivos florales de las alfombras. Su tenue luz era también tan intensa como para que se pudieran reconocer varias frases del Corán labradas en piedra por todas las paredes, así como los coloridos azulejos de trazado geométrico que las cubrían. Apenas esbozado en la semipenumbra, un festoneado de estuco fulgía como un arco iris nacido desde las vidrieras que rodeaban la sala.

No tuvo mucho tiempo para sentir alegría por hallarse de nuevo en su antiguo palacio. Desde una esquina de la sala, cinco mujeres vestidas con largas túnicas de color azulado, de aspecto muy joven y en apariencia doncellas, lo llamaron por su nombre en árabe, apremiándolo para que se dirigiera a ellas. Se hallaban sentadas junto a una de las ventanas, asiendo una larga soga de lana que por uno de sus extremos se encontraba anudada al pie de un gran banco labrado en mármol blanco.

Entonces el sultán quedó mudo y perplejo de terror. Junto a una de las mujeres, mostrando inequívoca forma humana, se hallaba sentado su hermano Yūsuf. No daba crédito a sus ojos, pues su hermano había muerto hacía ya varios años en la alcazaba de Almería. Éste pareció no verlo ni inmutarse ante su presencia; tan solo se limitó a levantarse con suma rapidez e indiferencia, y tras asirse a la soga y sentarse en el marco de la ventana, de un ágil salto desapareció en el vacío de la noche, sin pronunciar palabra alguna.

Aisha, situada en medio de la sala, observó cómo su hijo menor se perdía tras un velo de intensa oscuridad. Luego volvió el rostro hacia Boabdil y lo miró con cara de profunda reprobación.

Tras un tenso y corto silencio, dijo con pausada voz:

—Es tu turno Bu Abdal-lah; ya sabes lo que espero de ti.

Dicho esto calló y quedó hierática, observando al emir fijamente, lo que también hicieron las doncellas que sujetaban la soga extendida hacia el exterior de la ventana.

Boabdil sintió entonces un terror infinito: terror hacia aquel espectro que mostraba la imagen de su madre con apariencia núbil; terror a aquellas mujeres que custodiaban la soga; terror al vacío que tras la ventana le aguardaba.

Sin atreverse a tomar decisión alguna ni a pronunciar palabra, el emir continuó inmóvil en medio de una sala que comenzaba a clarear, anuncio de una incipiente madrugada.

—No te preocupes, hijo, está bien tensa —dijo Aisha, mientras se acercaba a la soga. Una vez que la hubo agarrado con ambas manos, dio fuertes tirones hacia ella, con la aparente intención de mostrar a su hijo su firmeza.

Estas palabras tranquilizaron algo Boabdil; lo bastante como para que se decidiera él también a comprobar la solidez de la cuerda. Hecho esto, se aproximó a su madre, y tras besarla en los labios, se dirigió a la ventana y apartó las ramas del jazminero que reposaban sobre el alféizar. Asió entonces la cuerda e imitó la acción que acababa de realizar su hermano instantes atrás, y comenzó a descender asido a aquel cabo de pies y manos.

Cuando creyó que estaría a una media altura del trayecto miró hacia el suelo, donde reconoció a varios hombres a caballo, armados con lanzas y espingardas, y a su hermano entre ellos. Además, una cabalgadura muy ornada y sin jinete parecía aguardarlo. De súbito, preso de pánico, el emir notó cómo al tacto de sus manos la cuerda se volvía viscosa, húmeda y resbaladiza. De nuevo le inundó el terror que lo había atenazado momentos atrás: la cuerda se agitaba con vida propia; además, ahora era blanda y cálida.

28

Intentó descender a pesar de todo, pero de súbito, al escuchar unas fuertes risotadas miró hacia arriba, y a través del intrincado ramaje del jazminero pudo observar cómo su madre y las doncellas, apoyadas de codos en el alféizar, asomaban sus cuerpos al vacío. Mostraban el rostro impúdicamente descubierto, enseñando los labios, mientras en las manos agitaban sus litams, como si le mandaran una especie de adiós.

El sultán quedó atenazado por una parálisis similar a la que había padecido en la sala, aunque pudo continuar asido a la extraña cuerda. Pero por poco tiempo, pues de súbito, el extremo superior de la cuerda se volvió hacia él, mostrando una cabeza ornada con triángulos de abigarrados colores. De ésta sobresalía una larga lengua bífida brotando entre unos blancos y afilados dientes con forma de alfileres, la cual ondulaba amenazante hacia su rostro. Aterrorizado, Boabdil soltó el cuerpo de aquel terrible animal y cayó al vacío.

Tras una momentánea pérdida de conciencia, sin comprender cómo, el emir se encontró cabalgando junto a su hermano y a los otros jinetes que antes lo esperaran, desplazándose con suma rapidez. Pronto dejaron atrás la Alhambra, de la cual consiguieron escapar a través de una escondida y olvidada puertezuela. Mas parecía que sus caballos en lugar de galopar volaran; recorrían colinas cubiertas de olivos y almendros; vadeaban arroyos; descendían por empinados taludes; nada parecía ser un obstáculo para sus ágiles monturas.

Tras varias horas de fatigosa marcha, Boabdil creyó encontrarse lejos de cualquier posible perseguidor; pero al escuchar un nuevo trote volvió la cabeza hacia atrás, y pudo contemplar cómo un jinete con gesto amenazante y blandiendo un largo alfanje se acercaba a su hermano. Aterrorizado, desenmarañó con rapidez todas las características del rostro del jinete: sus largas y crespas barbas blancas; sus pobladas y gruesas cejas bajo las que se abrían unos fieros y almendrados ojos, los mismos que de niño siempre le habían producido un intenso miedo; el alto gorro revestido con una franja de tela blanca... No tuvo la menor duda; se trataba de su padre.

Cada vez más atemorizado, observó cómo un nuevo jinete se aproximaba con suma velocidad, el cual pronto superó a su padre en la carrera. Tras una rápida inspección de su fisonomía reconoció en él a su tío, Al-Zagal, al cual identificó por sus largas barbas negras y su enorme y afilada nariz. Éste, exhibiendo una mueca terrible, manejó con gran habilidad su caballo hasta que consiguió situarlo junto al de Yūsuf. Entonces, con inquietante maestría, tras echar su brazo hacia atrás para tomar impulso, descargó de su alfanje un seco y certero golpe en el cuello de su sobrino, cercenando su cabeza limpiamente. Ya desprendida, la testa realizó rápidos giros en el aire, y luego cayó y rodó por el suelo, en tanto que del seccionado cuello brotaban gruesos chorros de sangre, como si de una fuente de la Alhambra se tratara. Aterrorizado, Boabdil notó cómo su padre se dirigía ahora hacia él, mostrando el terrorífico ademán con el que su tío había asesinado a su hermano.

Por fortuna, su caballo comenzó a galopar con inusitado ímpetu, tanto que pronto dejó atrás al grupo de jinetes. Con suma rapidez atravesó campos y montañas, tan veloz como un cometa, pareciéndole que su caballo en la carrera ya no se apoyara en el suelo sino en el aire, en el cual parecía hallarse ahora suspendido, y que empleara alas en lugar de patas, con ayuda de las cuales conseguía avanzar por encima de árboles y montañas como si de un águila poderosa se tratara. Así galopó horas y más horas, hasta que llegó la noche, a la que volvió a suceder el día en rápida e imparable sucesión. Su loca carrera parecía no tener límite, ni en el espacio ni en el tiempo.

En todo momento creyó que había cabalgado solo, pero en una ocasión en la que volvió la vista a la derecha su sorpresa fue mayúscula: su hermano, montado sobre un estilizado alazán, blanco como harina recién cernida, cabalgaba en línea junto a él, decapitado…

Sin tiempo para sentir de nuevo terror, instintivamente, Boabdil volvió la mirada atrás y pudo ver cómo su padre continuaba galopando incansable tras de ellos, blandiendo al extremo de su brazo alzado el ensangrentado alfanje con el que su tío había cortado la cabeza a Yūsuf. Ante tan dantesca visión, el sultán espoleó con mayor furia aún su caballo, el cual marchó ahora con renovado brío, y pronto alcanzó las nubes y desapareció tras de ellas.

Boabdil cabalgó sostenido en el aire durante varios días, hasta que arribó a un lago plateado que fulgía bajo un intenso sol, como si de un gigantesco espejo bruñido se tratara. En el primer intento de posarse sobre tal superficie su ágil caballo resbaló, aunque pronto consiguió recomponer el equilibrio y comenzó a deslizarse sobre aquel suelo con suma rapidez. El fino cristal por el que avanzaba, el cual parecía estar formado por una mezcla de azogue y hielo pulido, reflejaba las miles de estrellas que salpicaban la negra bóveda y emitía una intensa luminosidad, como si de aquella superficie emergieran rayos de luz blanca. El emir comprendió entonces que se hallaba cabalgando sobre la luna. Sintiendo una gran desazón, volvió a mirar a ambos lados y hacia atrás, y entonces pudo ver cómo los jinetes que antes lo persiguieran no cejaban en su empeño, pues continuaban cabalgando incansables tras de él.

Presa de renovado terror, picó espuelas hasta la extenuación, haciendo que su caballo sangrara en abundancia, y ya desbocado, comenzó a dar enormes saltos sobre aquella gélida superficie, ahora en dirección a unas montañas negras cubiertas de olivos plateados, lo que hizo nacer en Boabdil la esperanza de perder a sus familiares en ellas.

Pero lejos de quedar atrás, su decapitado hermano y su padre avanzaron con rapidez hasta situar sus monturas próximas a la suya, ganándole poco a poco terreno. Su padre consiguió acercarse tanto que el sultán pudo escuchar el aliento fatigado de su caballo, cada vez más cercano. Entonces notó cómo lo asían por la marlota y daban fuertes tirones hacia atrás.

Comenzó a sudar, a temblar y a llorar, mientras escuchaba con renovado terror cómo pronunciaban su nombre una y otra vez...

¡Bu Abdal-lah! ¡Bu Abdal-lah! ¡Bu Abdal-lah!

La Hora Segunda. Un suntuoso banquete

El duermevela que había atenazado al sultán se disipó conforme emergía en su interior una fuerte fatiga, a la que comparó con la que había sentido días antes tras haber batallado durante muchas horas contra los cristianos. Al abrir los ojos comprobó que se hallaba en lo alto de su estrado, bajo el velo negro sostenido por la vidriada cúpula del Mexuar. También notó cómo las miradas de sus allegados, aquellos que compartían con él la suprema plataforma, convergían en su rostro. Se incorporó con suma rapidez, presa de una súbita vergüenza, mientras escuchaba cómo el recitador comenzaba a declamar los párrafos del segundo poema de las Horas:

Ya, Sultán, se apagó la hora segunda
Dejando a su paso rescoldos de nostalgia,
Como una perla de su ajorca desprendida
Al descoserse del hilo que la engarza.
Separa siempre el Tiempo a los unidos;
Somos letras borradas tras escritas;
Pero cuando el alma está asida a lo Perenne,
Aunque el Tiempo la encadene, infalible asciende.

Apenas hubo acabado esta nueva declamación, el recitador retornó a su mutismo de siempre, instaurándose así un denso y consensuado silencio, sólo quebrado por el murmullo de un caño que desde una fuente próxima conseguía penetrar en la estancia. La Jassa enmudecía conforme se acrecentaba el abismo abierto por aquellos proféticos versos; pareciera haber tan sólo una esperanza para ellos, justo aquella que hasta aquel momento no habían considerado. Las palabras del polígrafo insomne se habían desvanecido tras apenas haber sido pronunciadas... ¿Dónde estaba, pues, lo Perenne? Boabdil, a pesar de notar la proximidad de sus súbditos desplegados tras la oculta piedad de la celosía, notó cómo el ácido sabor de la soledad se recreaba en su lengua. Se sintió tentado de volver a su lecho y olvidar aquella larga sucesión de horas sin rumbo. Allí lo esperaría Morayma; podría refugiarse en lo más hondo del mar nacido del húmedo contorno de sus brazos y muslos; notar la voluptuosa forma de su seno acogiéndole, caliente y generoso, arrastrándolo hacia un abismo de dulzura; converger en ella en un terreno donde sentiría desvanecerse cualquier diferencia entre ambos, y así engañarse juntos en el sueño repetido de aquellos que esperan a la noche como a la incierta sombra de sí mismos. En las horas nocturnas, intentarían escapar del vértigo de lo efímero; esperar un pulso abierto en el tiempo como a una tregua en su existencia, luminosa y real, nacida desde el umbral de lo compartido...

Ya se había enfrentado en variadas ocasiones a los tizones de nostalgia de los que hablaba el poeta. Muchas eran las perlas caídas del hilo que recibiera en su niñez, fugadas a través de sus dedos temblorosos... ¿Se apagaban sus horas al compás de ese endiablado flujo de perlas ansiosas? El sultán sentía como si el sutil poeta hubiera indagado en su alma antes de escribir las nostálgicas frases que ahora taladraban sus oídos; pero el sufí también había conseguido que en cada rescoldo de sus palabras muertas renaciera una fina nostalgia; la misma que el nazarí había llevado de por vida prendida en los labios, como una maldición a la que siempre había intentado destruir, para constatar la futilidad de cada nuevo intento…

Sentado en un cómodo almohadón y enfrentado a la Jassa, sobre su cabeza y desde lo alto de la bóveda, todo el cielo nocturno de Granada parecía ofrecérsele, como si aquella honda negritud fuese el regalo de un destino ausente; vacío y desaparecido antes de haberlo conocido ¿Habría existido para él otro sino distinto? ¿Aquella amarga sucesión de días aciagos que vivía, podría haber sido tan sólo un espejo empañado de otros días, cuyo azogue hubiera sido deshecho por la torpe aleación de sus actos, caprichosos y volubles?

El sultán observó a través de las vidrieras cómo la luna, lenta e inexorable, se asomaba a una esquina de la cúpula; y en la profundidad de aquel vacío, negro y sin vida aparente, intentó adivinar lo Perenne, cuyo amparo había aconsejado Ibn al-Jatib a través del recitador. Sí; él había sido el sol de la gloria un hermoso día aún no muy lejano… Aún podía sentir el calor de otros largos días, llenos de luz y dichosos. Tiempo en el que, en apariencia, todo estaba diseñado para su indiscutible triunfo. Su comienzo había sido escrito con letras de oro, tras haber sustituido a su padre como sultán y así haber alcanzado el supremo privilegio de arrebatarle a Aisha, su madre ¿Puede un hombre desear algo más sublime? Ser el dueño de la casa paterna, tras haber expulsado de ella a un padre terrible, al que además hurta su esposa, su madre…

Ajeno a los pensamientos del sultán, el recitador alzó de nuevo el rollo hasta situarlo ante sus ojos, y de inmediato retomó la lectura de los versos del genial bardo:

Para el alma que a la Unión perpetua se dirige
Y a la verdadera existencia, inextinguible,
La Ley tiene sabiduría para inquirirla
Y obrar con arreglo a tal discernimiento.
La Verdad, los evidentes secretos,
Transformará lo par en Impar como sentencia

Como buen musulmán, él ha deseado siempre esa unión con Dios; mas… ¿Como sultán, ha violado la Ley divina? ¿La rebelión que protagonizó contra su padre, Muley Hacén, había sido también una rebelión contra el orden establecido por Dios? Así lo habían sentenciado los muftíes en Fez tras la consulta hecha por los alfaquíes de Granada. Pero él nunca había aceptado un dictamen al que interpretaba como a una declaración interesada hecha por los jurisconsultos de un sultán aliado con su padre, al cual querían halagar, sin duda alguna.

¿Podría él huir de las sombras de la noche, de la parte no iluminada de la conciencia solar, para acrecentarse en la medida del propio reconocimiento? Si así lo hiciera, transmutándose en luz, tal vez lograría unirse a lo Perenne; transformarse en la unión con el Amado, en Él, lejos de las sombras…

El recitador continuó con la lectura del poema, con voz grave y gutural, como de ultratumba, vertiéndolo con suavidad en la quietud de aquellas horas.

Si llega a tal evento, y Dios la libra
Del terror del camino estará a salvo.
Tú, en quien buscan refugio los desamparados,
Compadécete de las almas separadas
Pues si no Te hallan y veneran,
Nada encontrarán para adorar en su camino.

La voz del recitador continuaba, lenta y tirana… Desde los perdidos recovecos del tiempo en los que en aquellos oscuros momentos se hallaría, Ibn al-Jatîb eliminaba de su cerebro cualquier atisbo de grandeza, y lo mutaba en débil y miserable ¿Habría refugio para él? ¿Obtendría compasión del Altísimo? ¿Dónde hallaría un espacio libre del terror que ahora anegaba su conciencia?

Hastiado de unos pensamientos inculpatorios que lo hacían sentirse cada vez más miserable y desamparado, el sultán se levantó sigilosamente de su asiento y, deslizándose entre las sombras, se dirigió hacia su oratorio privado con la intención de orar hasta la llegada de la próxima hora.

Poco tiempo después, ya postrado en el suelo, tras haber buscado consuelo en la repetición de algunos rezos rituales pero sin haber conseguido reconciliarse con su conciencia, Boabdil escuchó el murmullo de una voz lejana y familiar, que parecía albergar su nombre. El sultán se incorporó con rapidez y abandonó su encierro, y pronto llegó al patio próximo, donde se aplicó a tratar de identificar el origen de una enigmática voz a la que vagamente reconocía, muy extrañado y pensando que tal vez alguien de su familia pudiera requerirlo. Siempre guiado por el continuo borboteo de su nombre, comenzó una rápida marcha por una olvidada vereda que lo llevó hasta los huertos reales, donde continuó caminando a través de un estrecho surco que más parecía la huella de pisadas repetidas hasta la saciedad en el transcurso del tiempo. En pocos minutos se situó en una de las puertas más recónditas de la Alhambra, la cual atravesó tras serle franqueado el paso por un extrañado guardia. Ya en el exterior del palacio, el sultán comenzó a caminar por una senda paralela al curso del río que contorneaba la Sabika, siempre en dirección a las murallas próximas, sin precaverse de los numerosos merodeadores que, a buen seguro muy cercanos, acecharían su paso. Esquivando con suma dificultad un intricando camino cubierto de raíces y ramas bajas de almendros que le arañaban el rostro y entorpecían su marcha, llegó hasta al pie de un gran olivo cuyas raíces se introducían en el río, ya muy cercano a las murallas. Al escuchar de nuevo el inquietante susurro, paró la marcha y permaneció en completo silencio, para intentar descubrir el origen de aquella extraña voz.

De súbito, el emir sintió un sonido cercano; sonido al cual identificó como el crepitar de ramas secas al ser pisadas, y sin darle tiempo a reaccionar, a unos pocos pasos ante él, notó cómo unos poderosos brazos despejaban un camino cubierto de chupones de olivo asilvestrado y maleza seca y, casi al unísono, una figura humana emergió desde la espesa oscuridad.

A pesar de la falta de luz y de la cinta negra que parcialmente ocultaba el rostro del extraño aparecido, reconoció en tal personaje a su padre, mucho más joven sin embargo a como lo recordara la última vez que lo viera. Pero su padre ya había muerto en su castillo de Mondújar, y había sido enterrado en lo más alto del monte Sulayr, ¿Cómo podía encontrarse ahora frente a él? No comprendía nada… ¿Sería su espectro, con ansias de venganza por la rebelión que años atrás había protagonizado contra él?

Sin mediar palabra, con brusco ademán, aquella aparición le tomó por el brazo y, apretándoselo con fuerza, le obligó a acompañarlo por el mismo camino por el que se había mostrado instantes atrás.

Transido de terror y tembloroso, Boabdil anduvo asido por su siniestro acompañante durante un largo trayecto, el cual comenzó tras atravesar la muralla de la ciudad por una olvidada puertezuela junto al río Darro. Su andadura continuó con largas subidas y bajadas a través de grandes cerros; luego sortearon hondos barrancos que le producían un vértigo enorme; siempre aplicado a una loca marcha que parecía no tener final, en silencio y cada vez más extenuado; obligado a superar los numerosos obstáculos que encontraban a su paso.

La mano de aquella aparición no cesaba de oprimirle el brazo con unos dedos que se le clavaban como puñales, ocasionándole un intenso dolor. Incapaz de soportar por más tiempo el horror y la fatiga que experimentaba, decidió escapar de aquel diabólico espectro en cuanto dispusiera de la mínima oportunidad.

Cuando la vereda por la que discurrían se situó paralela a lo que parecía ser el surco de un enorme barranco, el emir creyó que por fin había llegado el momento de intentar la huida. Sin dar tiempo a su captor a reaccionar, se desasió bruscamente de la mano que lo atenazaba, y acto seguido se lanzó al abismo que sumido en una oscuridad absoluta bajo sus pies se abría, esperanzado de que el precipicio que intentaba sortear fuera de escasa altura. Por fortuna, tras una rápida caída sobre un balate muy pronunciado, primero resbaló y luego rodó de costado, dando vueltas y más vueltas, mientras se cubría la cabeza con las manos. Por último, su rápida marcha se detuvo al chocar de costado contra un grueso tronco de olivo.

Boabdil consiguió incorporarse con sumo esfuerzo, mientras lanzaba ansiosas miradas a su alrededor, esperanzado de haber perdido a aquel tenebroso fantasma para siempre. Al no verlo en las inmediaciones se dispuso a correr en dirección al vacío que se abría ladera abajo, pero nada más emprender la marcha su marlota se tensó impidiéndole avanzar; parecía asida a algún obstáculo. Al mirar atrás palideció de miedo de nuevo: la imagen de su padre, casi incorpórea, lo tenía asido por las vestiduras y lo miraba con aquellos ojos impiadosos que tanto le habían aterrorizado de niño, lo que de inmediato le obligó a caer de rodillas ante él.

La aparición lo levantó del suelo con suma brusquedad y lo cogió de nuevo del brazo, clavándole sus dedos con mayor fuerza aún, siempre sin mediar palabra, y lo obligó a retomar la marcha. Tras discurrir por la misma vereda durante un buen rato, ya descartado por el sultán cualquier atisbo de esperanza de escapar de aquella infausta suerte, alcanzaron un pequeño portón que se abría en la ladera de un monte que se interpuso en su camino, y que los situaba en el acceso a una perdida cueva. Sin demorarse, el espectro abrió la puertezuela con la ayuda de una llave que extrajo de uno de sus bolsillos. Tras observar con mayor detenimiento a su captor, Boabdil ya no tuvo la menor duda de que se trataba de su padre; había reconocido sus peculiares ojos almendrados, sus pobladas cejas, su fiero ademán al mirarlo...

Emprendieron de nuevo una alocada marcha, ahora a través de un oscuro pasillo excavado en la roca, y en pocos minutos alcanzaron una nueva puerta, la cual abrió también el espectro con otra llave. Hecho esto, ambos atravesaron el umbral. El sultán quedó perplejo ante lo que a sus ojos se mostró: se hallaban en una lujosa sala, muy iluminada gracias a los numerosos candiles de aceite que con generosidad lucían repartidos por todos los rincones. Bajo sus pies se extendía un suelo de mármol blanco como la nieve sobre el que la luz reverberaba, y bajo los gráciles arcos que de él nacían en simétricos intervalos, nacían numerosos poemas de alabanza a Dios esculpidos en las paredes. Comprendió entonces que se hallaba en una de las salas de la Alhambra en la que él solía realizar recepciones y festejos. Alrededor de una gran mesa central parecía celebrarse un suntuoso banquete, pues numerosos comensales, vestidos con suma elegancia, ocupaban los asientos dispuestos en torno a una mesa repleta de ricos manjares.

La entrada de Boabdil en la sala pareció disgustar profundamente a los reunidos, ya que todos ellos volvieron el rostro muy despacio hacia él, y lo saludaron mirándole con cara de profundo desprecio, mientras guardaban un cortante silencio, lo que hizo que el sultán se sintiera como un niño avergonzado. Comprobó entonces con horror que se encontraba desnudo. Sin darle tiempo a reaccionar, al mismo tiempo que sentía una gran vergüenza, el espectro de su padre volvió a tomarlo por el brazo y le llevó hasta un asiento vacío al extremo de la larga mesa, donde le indicó con la mirada que tomara asiento. Dócil a causa del temor que le anegaba, el sultán se acomodó en un elegante sillón bordado de seda y oro, sin dejar de ser observado con insolente curiosidad por el resto de comensales. El espectro se alejó entonces caminando con paso muy digno, y rodeó la mesa hasta que encontró asiento junto a una mujer muy joven y guapa, que no lucía velo como las demás, y sobre cuyos hombros se derramaba una hermosa melena rubia.

Boabdil no salía de su asombro: acaba de descubrir en ella a Zorayda, la mujer cristiana de su padre, su antigua esclava. Sintió entonces a su corazón dando fuertes latidos, tan inquieto como el de un caballo asustado, como si intentara salir de su pecho. Cuando se calmó un poco, notó que los invitados dedicaban su atención a comer y a hablar entre susurros, lo que aprovechó para dedicarse a observar a los reunidos e intentar descubrir en ellos rostros familiares. Se fijó que en el extremo de la mesa opuesto al suyo se encontraban cenando varias mujeres, y en el otro extremo divisó a un grupo de hombres además de a la esposa de su padre. A pesar de que era muy difícil reconocer su rostro, Boabdil estaba seguro de que una de las mujeres del primer grupo era su madre, sentada junto a otra mujer que por su silueta parecía ser su hermana. Moviendo discretamente la cabeza a ambos lados para sortear con la mirada los alimentos amontonados ante él pudo descubrir también a su visir, Aben Comixa, así como a varios de sus ministros, departiendo entre ellos con suma afabilidad y expresivos gestos, todos ellos aplicados a comer el contenido de sus platos con notable voracidad.

Absorto en reconocer a los comensales, se olvidó de su propia desnudez y comenzó una amable conversación con el invitado que tenía a su derecha, al cual nunca había visto con anterioridad.

45

—Se trata de un banquete muy lujoso —dijo éste a Boabdil, tapándose la boca con la palma de la mano abierta para evitar que alguien pudiera oírlo—; pero así no van a conseguir que creamos que nos conviene más el pagar tributo al rey católico que luchar contra él —terminó la frase con voz gutural, arrastrando las palabras para proporcionar un aire de misterio a su mensaje, mientras se atusaba su larga y canosa barba.

—Sí, es mejor luchar —dijo Boabdil en tono condescendiente y sin mucha convicción. Aquel comentario le hizo bajar la mirada y sonrojarse, y se preguntó si la responsabilidad de la organización de aquel banquete podría ser suya.

—Además, han entregado al príncipe como rehén —insistió con elevada y airada voz su compañero de mesa. Éste mostraba una creciente indignación; se había vuelto rojo de rabia y arqueaba las cejas con suma ferocidad.

Ante esta nueva afirmación el sultán optó por callar, para así intentar frenar las críticas que su acompañante vertía sin cesar sobre él. Cuando aquel comenzó de nuevo a bregar con un enorme trozo de carne que sujetaba con una mano, armado con un afilado cuchillo en la otra, Boabdil respiró de nuevo con tranquilidad.

El sultán reparó entonces en las muchas viandas que abarrotan las mesas dispuestas a su derecha. Entre otras exquisiteces, había aves asadas vestidas con sus propias plumas, chamuscadas y retorcidas, pero primorosamente ubicadas sobre bruñidas bandejas de plata; algunas fuentes, esmaltadas con brillantes coloraciones azules y carmesíes, mostraban carnes cocinadas, muy especiadas, troceadas y acompañadas de todo tipo de verduras; sobre grandes lebrillos descansaban corderos lechales asados, cuyas cabezas, también cocinadas y formando una gran pirámide, se amontonaban sobre otra bandeja próxima; otros cacharros de cobre de variadas formas contenían todo tipo de frutas: granadas, higos secos, pasas de Corinto, dátiles, ciruelas secas…

Separadas del resto y rodeadas de vistosas flores, a su izquierda, lucían azafates revestidos de finos manteles de seda bordados de oro repletos de dulces de caprichosos contornos espolvoreados con azúcar; membrillos confitados; buñuelos rebozados con miel y canela; arroz hervido en leche recubierto de virutas de canela, cáscaras de limón y grandes terrones de azúcar dorado… Por último, llamó su atención una alejada y solitaria bandeja plateada. Tuvo que abrir y cerrar varias veces los ojos, sin atreverse a dar crédito a lo que veía: la cabeza de su hermano se erguía sobre ella, descansando sobre el cuello, acompañada de verduras variadas ordenadas en círculo, a modo de guarnición.

Tras mantener su retadora mirada durante unos instantes notó que, incomprensiblemente, no sentía pena alguna por él. Sólo le molestó la forma en que habían decorado su cabeza, la cual le pareció impropia, habida cuenta que se trataba de la cabeza de un miembro de la realeza nazarí. Además, no existía justificación alguna para que la cabeza de su hermano se encontrara allí, meditó muy enfadado, ya que nadie podría ejercer el derecho a comerlo excepto su propia familia. Presa de suma indignación, reflexionó que tendrían que haberle pedido permiso a él para servirlo, y seguro que se habría negado, para no ver su cuello reposando entre unas verduras tan mal cortadas. Entonces creyó que el rictus de enfado que notaba en los labios de su hermano podría deberse a esto.

Enfrascado en tales pensamientos, repentinamente, notó cómo su estómago se quejaba; emitía sonoros burbujeos. Comprendió que eso le sucedía debido a que no estaba comiendo nada, y había muchos manjares por doquier, lo que estimulaba su apetito. Comenzó a pensar en qué comería primero de tener la oportunidad, y procedió a observar con gran voracidad todas aquellas fuentes repletas de exquisiteces… Intentaba no consentir en ello, pero no lo conseguía: por mucho que quisiera evitarlo, la vista se le desviaba hacia la cabeza de Yūsuf.

No supo muy bien cuánto tiempo estuvo deleitándose en la contemplación de tan extraño manjar; sólo salió de su ensimismamiento cuando uno de los sirvientes, al notar su fascinación y malacia por aquella testa un tanto chamuscada, se acercó a la misma, la tomó con ambas manos y la llevó con mucha parsimonia a la mesa en la que él se hallaba.

Al tenerlo delante, creyó que su hermano le miraba con gesto de honda preocupación, en tanto que él lo observaba con incontenible gula. Tras sostenerse ambos la mirada durante un buen rato el sultán alzó los ojos y notó con horror que todos los comensales lo observaban con mucha atención, como si esperaran saber si se atrevería a degustar el manjar seleccionado o no. No tardó mucho en decidirse: exhibiendo un firme ademán, con una mano asió uno de los cuchillos dispuestos junto a su plato y con la otra mano agarró por la cabellera la cabeza de su hermano, presionándola fuertemente contra la bandeja para evitar que se moviera mientras la trinchaba. Estaba ya a punto de seccionar una de las mejillas cuando reparó en que el espectro de su padre se dirigía hacia él con paso decidido y amenazante, mientras todos los reunidos lo miraban con asombro. Asustado, Boabdil dejó caer el cuchillo de inmediato, como si hubiera sido sorprendido en una mala acción, y presa un fuerte de terror vio cómo su padre se aproximaba con gesto encolerizado. Entonces cerró los ojos, presa de pánico, incapaz de enfrentarse al castigo que daba por descontado que le esperaba. No obstante, nada de eso ocurrió. Tras un largo silencio que le indicó que la llegada de su padre no se produciría nunca, se decidió a abrir los ojos de nuevo, y pudo comprobar que se encontraba solo en la mesa. A través de una amplia puerta, todos los comensales se dirigían a un vecino jardín, en el que destacaba una gran fuente central rodeada de estatuas de piedra. Aguzando el oído, pudo escuchar una suave y melancólica música que allí nacía, y también pudo ver cómo bajo sus seductores acordes se contorneaban varias bailarinas ricamente ataviadas con lujosas prendas bordadas de seda y oro.

Cuando se hubo tranquilizado un tanto, pudo escuchar una insistente voz que provenía de una de las esquinas de la sala, la cual anunciaba su nombre. Tal zona se hallaba en penumbra por haberse consumido ya el aceite de las lámparas que antes la iluminaran. Guiado por tal sonido volvió la mirada, y entonces se sorprendió mucho al ver cómo su madre y Zorayda estaban sentadas la una junto a la otra, ocupando dos enormes butacones cubiertos de coloridos cojines. Ambas mostraban levantada la túnica por la zona que les cubría el pecho, así como sus frimlas, luciendo así sus senos descubiertos.

Zorayda sostenía en sus brazos a un recién nacido, al cual amamantaba solícita. El bebé succionaba sin descanso mientras era observado con dulzura por su madre. Ajena a todo, Aisha requería con insistencia a su hijo, susurrando su nombre sin cesar:

—¡Bu Abdal-lah!, ¡Bu Abdal-lah!...

Boabdil comprendió que era ese el sonido que le había hecho abandonar su oratorio, origen de la extraña pesadilla que estaba viviendo y que aún no había terminado.

Sumido en estos pensamientos comenzó a andar hacia su madre, pero fue incapaz de guardar el equilibrio, y en medio de un fuerte estrépito cayó al suelo. Entonces notó que tan sólo podía desplazarse sobre sus rodillas, por lo que optó por gatear. Así, guiado a través de la oscuridad por el susurro que su madre no cesaba de proferir, en poco tiempo consiguió situarse bajo sus pies. Aisha, al notar cómo el aliento de su hijo fluía entre sus piernas, se inclinó hacia él y lo aupó por las axilas con ambas manos, y lo sentó sobre su regazo. Atraído por el suave y agridulce aroma de la leche, Boabdil tentó torpemente con sus manitas vientre arriba, buscando el contorno del pecho de su madre. Tras haberlo localizado el pezón, consiguió asirlo con fuerza, y procedió a acariciarlo con sus labios, tembloroso e inquieto. Una vez que lo notó turgente, lo introdujo decidido en su boca, y comenzó a succionarlo de inmediato con fruición. Tras haberse saciado con aquella providencial leche, escuchó cómo Aisha tarareaba una canción de cuna, la cual se fundió con otra que nacía en los labios de Zorayda. En muy poco tiempo, a pesar de la dulzura de aquellos cantos, Boabdil se sintió profundamente incómodo; el cosquilleo que en su cara producía el abundante vello que poblaba la areola del seno de su madre le molestaba y, de súbito, el sabor de su leche se le antojó insoportable. Ésta se había dormido con la boca entreabierta, dejando aflorar la fealdad de los muchos dientes que le faltaban. El sultán comenzó entonces a fijarse en Zorayda, la cual continuaba amamantado a su pequeño. El pequeñuelo mamaba del seno más alejado de donde se hallaba Boabdil, por lo que éste podía ver con toda nitidez al otro, que desnudo aguardaba su turno. Bajo la escasa luz que desde la alta bóveda proyectaban unas enormes lucernas, el pecho libre de Zorayda aparecía como una suave luna menguante, pálido y turgente, lleno de vida. Boabdil sintió que por encima de cualquier otra cosa deseaba tomar su alimento.

Esperanzado, un anhelante sultán se zafó de los brazos de Aisha y descendió por sus piernas agarrándose a la túnica. Ya en el suelo, gateando, se dirigió hacia los pies de la Romina, y tras utilizar sus rodillas como escalera, se encaramó al brazo que permanecía libre.

Zorayda, al notar cómo Boabdil había acudido a ella, lo tomó y lo acunó junto a su hijo, y le ofreció su seno disponible. Aisha despertó en ese momento, y al descubrir que su hijo la había abandonado y se encontraba en los brazos de su rival, reaccionó violentamente. Se irguió dando un gran salto, decidida, y se abalanzó sobre Zorayda, y tras apartar con fiereza el brazo que rodeaba el torso de su pequeño, lo asió por una pierna. Llevó así a su hijo suspendido en el aire hasta una ventana próxima, donde lo colgó cabeza abajo en el vacío y lo zarandeó con rabia, mientras exclamaba con voz grave y ronca de furia:

—¡Vomita, vomita esa leche, maldito pingajo de carne! ¡Vomita, por el culo del diablo! ¡Lagarto inmundo, cola de alacrán!...

La Hora Tercera. Sacrificio en el Patio de los Leones

El sultán abrió los ojos protegido por la quietud de su oratorio. Comprendió que, atormentado por sus pensamientos inculpatorios, se había olvidado de la próxima cita con las horas. Con rapidez se irguió del suelo donde había estado dormitando y se dirigió a la sala del Mexuar, donde entró a tiempo como para escuchar el inicio del poema de turno.

La hora tercia nos confió, bajo juramento,
—¿Quién podría dudar de su palabra?—
Ser consagrada al natalicio de quien al mundo
La Verdad y Fe en Dios diera en un libro,
Que es divina piedad; divina prueba,
Luz de Dios e inequívoca sentencia.
El amor que le debes ilumina misterios
Y en perfecta armonía funde la Fe con su pueblo.

Mientras se acomodaba en lo alto de su estrado, con el eco de estas palabras aun reverberando en su mente, el sultán meditaba en que él, si pudiera y como en su momento hiciera Muhammad, ofrecería su corazón y sus negros coágulos adheridos al Arcángel Gabriel, para que éste lo lavara con agua del pozo de Zamzam en un cubo de oro y luego lo devolviera a su pecho. Esa era la parte por donde Satán siempre lo había seducido... ¿Podría él dar Verdad y Fe a Dios? ¿Tendría en alguna ocasión argumentos y piedad como para iluminar las palabras de Dios?

Ajeno a los pensamientos del sultán, el recitador continuó la lectura de unos enigmáticos versos:

Al año musulmán concedes nueva festividad,
¡Oh tú, de creyentes la esperanza!,
En la noche, cuajada de negros destellos,
En la que Amina dio su pecho al Fiel Profeta.
Pese al tiempo y las eras transcurridas,
Sólo tú en similar festejo lo celebras.
Así, al implorar a Dios auxilio, Dios, al escogerte
A ti, es Quien socorre, Clemente y Poderoso.

¿Acaso había de plegarse un sultán ante Dios para pedir socorro? Tal proceder parecía necesario; el poder siempre emanaba de Él. Las palabras de Ibn al-Jatíb tenían muchos años; eran demasiado lejanas, pero también parecían inquietantemente próximas... ¿Habían de ser tenidas en cuenta por el que llevaba el nombre del Profeta, el verdadero Mensajero? ¿Acaso el genial poeta, desde su atalaya sumergida por más de cien años en el tiempo, intuía los caprichos del sultán? ¿Por qué decía con sorna: «*Al año musulmán concedes nueva festividad*»? ¿Conocía el poeta insomne, caído en las profundas grietas del pasado, los gastos de la costosa ceremonia con la que él había celebrado su entronización? ¿Estaría al tanto del injustificable dispendio que él había protagonizado en las suntuosas fiestas celebradas en la Alhambra? ¿Cómo justificar ante Él y sus súbditos tal ostentoso gasto en un sultanato inestable, ahora amenazado de muerte por los cristianos?

Presentía la burla; a fin de cuentas, el erudito sufí era famoso por su sarcasmo… ¿Estaría ahora, desde la más honda negritud del pozo del tiempo, mofándose de él? De alguna forma, el filósofo le indicaba que se abstuviera de solicitar ayuda a Él, puesto que si demostraba su grandeza a través de los gastos y pompa que había derrochado en la Sabika, no tendría necesidad de solicitar el auxilio del Todopoderoso. El sultán entendió entonces que con su actitud, estaba diciéndole a Dios que no necesitaba de su auxilio; él se comportaba como una pequeña divinidad…

De súbito, el nazarí palideció. A través de las estrechas aberturas de la celosía que lo mantenía a salvo de las miradas de sus súbditos, en una de las esquinas de la sala había reconocido a su padre, Muley Hacén, quien realizaba ademanes imperiosos con ambas manos, con los que parecía invitarlo a seguirlo. A diferencia de Boabdil, la Jassa recibió con aparente apatía al fantasma que servía a su antiguo sultán para tomar la humana apariencia. El actual régulo, transido de terror aunque comprendiendo también que era inútil atreverse a llevar la contraria a aquel espectro retornado desde las sombras, se levantó del cómodo almohadón donde se hallaba recostado y abandonó la sala para incorporarse al séquito que seguía al aparecido.

El cortejo que encabezaba Muley Hacén abandonó la sala del Mexuar, y guiado por los dulces acordes en el que se mecían las bailarinas que lo precedían, recorrió el largo corredor que nacía desde aquella sala hasta alcanzar un patio anejo. Los cortesanos siguieron a su emir en dirección a los soportales que delimitaban el cuadrado contorno de un gran recinto, guardando en todo momento un estricto silencio. Mientras, las danzantes se entremezclaban con los miembros del desfile, ejercitando sin descanso un inquietante y sensual baile basado en movimientos muy suaves que hacían vibrar todo su cuerpo, y en el que sus insinuantes caderas ondulaban hasta la saciedad.

Bajo la tenue luz de un cielo cuajado de estrellas, tras sortear una fuente rodeada de bestias esculpidas en piedra, Muley Hacén y sus acompañantes se dirigieron al extremo opuesto del recinto. Las bailarinas se separaron entonces del grupo, y continuaron su danza en torno a las estatuas. Los invitados, pareciendo conocer a la perfección el protocolo en el cual se hallaban inmersos, procedieron a tomar asiento sobre grandes almohadones que profusamente dispuestos cubrían una gran parte del pavimento. Habían sido alineados siguiendo un riguroso orden jerárquico, como si sus ocupantes hubieran de asistir a alguna representación teatral, pues se hallaban orientados con suma precisión hacia la fuente central.

Cuando todos los miembros del grupo se hubieron acomodado, las bailarinas comenzaron a ejecutar bailes circulares en torno a las hieráticas figuras de piedra, mientras se despojaban de sus numerosos ornamentos. Comenzaron por desprenderse de las alhajas que pendían de sus brazos y piernas, y después de los numerosos velos de seda que las vestían, los cuales depositaron devotamente a los pies de las bestias que presidían la escena, hasta quedar sumidas en una desnudez sólo interrumpida por las grandes y brillantes esmeraldas que ceñían sus senos y vientres. Ello permitió a los reunidos admirar los muchos tatuajes que las ornaban: emplumados y fantásticos dioses que decoraban sus muslos, sinuosas serpientes torneadas en sus vientres, lunas menguantes esculpidas en sus senos, estilizados lagartos que reptaban por sus espaldas...

De súbito, enmudecieron los laúdes, cítaras y rabeles que procedían de un pequeño grupo de músicos dispuestos en una de las esquinas del patio, bajo cuyos acordes se habían mecido las bailarinas, lo que detuvo el baile. Éstas aprovecharon la ocasión para abandonar el patio a través de la misma puerta por la que antes habían accedido los comensales.

Tras su salida, por otra de las puertas abiertas al patio hicieron su aparición varias mujeres. Todas ellas vestían con mucho recato, luciendo largas y coloridas túnicas y muy cerrados velos. Cada una llevaba a uno o más niños asidos de la mano, portando algunas de ellas a sus pequeñuelos en los brazos. Acompasados sus pasos, se dirigieron hacia la parte central del patio hasta situarse a los pies de las bestias, donde detuvieron su marcha y procedieron a formar un círculo en torno a las joyas antes abandonadas por las bailarinas.

Muley Hacén se dedicó a observar al grupo con suma atención. Abría y cerraba los ojos muy despacio, mientras arqueaba sus fieras cejas y se mesaba sus largas barbas blancas. Los pequeñuelos, al reconocer en él a su padre, intentaron desasirse de inmediato de los brazos que los sujetaban, forcejeando con suma obstinación mientras llamaban al anciano sultán llorando; pero con infructuoso resultado, pues sus madres los retuvieron con ellas enérgicamente.

De súbito, por la misma puerta que antes habían atravesado bailarinas y madres, hizo su aparición Zorayda, la esposa del sultán. Llevaba en brazos a su pequeño, el cual parecía dormido, y al converger las miradas en ella, milagrosamente, cesaron también los angustiosos lloriqueos de los infantes. La sultana atravesó el recinto exhibiendo grandes alhajas cosidas a las abundantes cadenillas de oro y plata que ornaban su cuello y brazos, las cuales fulgían como estrellas inquietas a la luz de las teas que alumbran el patio. Todos los congregados enmudecieron al constatar su gran belleza, mientras observaban cómo con paso muy lento y mostrando una enigmática sonrisa, la Romina se aproximaba hasta el lugar donde se hallaba Muley Hacén. Aquella saludó a su esposo y besó su mano, y luego se sentó junto a él en un gran almohadón que vacío le aguardaba.

Tras un tenso silencio que pareció durar una eternidad, Muley Hacén hizo señas a uno de sus esclavos negros que en pie se hallaban a sus espaldas. Éste, tras recibir las instrucciones de su amo, se dirigió sin vacilar hacia una de las madres situadas ante las bestias, y por señas le exigió que le entregara a su hijo. La madre, lejos de acceder a su requerimiento, lo apretó contra su pecho con mayor determinación aún que antes. Entonces el criado la golpeó con saña y le arrebató a su niño con fiereza, y a continuación lo llevó con su padre.

Cuando tuvo a su sonriente hijo sentado en su regazo, el sultán abrió su enorme boca, mostrando unos afilados y amarillentos colmillos, sucios y raídos, los cuales paseó alrededor de la cabeza del pequeño. Al sentir su fétido aliento, éste emitió un desgarrador llanto que reverberó con fuerza varias veces entre las paredes del reciento. Zorayda, intuyendo las intenciones de su esposo, le arrebató su presa con rápida decisión, sentó al infante sobre sus rodillas y lo rodeó con uno de sus brazos, y lo reclinó junto a su hijo sobre el pecho. Hecho esto, miró a otro esclavo sentado detrás de Muley Hacén, moviendo repetidamente la cabeza de izquierda a derecha. Ante esta señal, el esclavo se ausentó de la sala durante unos minutos, pero de inmediato regresó con un cordero recién nacido acunado entre sus brazos, el cual balaba con sumo desconsuelo llamando a su madre.

El criado entregó el animal al hambriento sultán, el cual lo tomó entre sus brazos con ansia, y tras abrir de nuevo sus fauces y sin que nadie pudiera impedirlo, clavó sus sucios colmillos en aquel inmaculado cráneo. De inmediato, la blanca cabecita del cordero comenzó a sangrar en abundancia, mientras acentuaba sus inútiles quejidos, acompañados de esténtores que lo recorrieron varias veces desde la cabeza hasta los pies, hasta que quedó inerte y sumido en un absoluto silencio.

Acabado el balido de su víctima, siempre bajo la reprobadora mirada de su esposa, el viejo emir procedió a mordisquear su cuello hasta que sus largas y crespas barbas blancas quedaron completamente empapadas en sangre. Zorayda, espantada de la voracidad que su esposo mostraba, apretó con fuerza renovada a ambos infantes contra su pecho.

Apenas hubo devorado al primer cordero, el sultán repitió la misma trágica señal que instantes atrás realizara, y del mismo modo que antes, su esclavo se dirigió de nuevo a la fuente, donde volvió a seleccionar a otro de los niños. Ahora, sin embargo, tanto las esposas de Muley Hacén como sus hijos intentaron huir, por lo que la guardia negra tuvo que emplearse a fondo para impedirles abandonar su posición en medio de la sala. Tras una violenta lucha el criado consiguió arrancar de los brazos de una de las madres a otro de los príncipes, al cual llevó ante su padre. Una vez que éste lo tuvo entre sus brazos, también le fue arrebatado del mismo modo que el anterior por Zorayda, quien lo acunó con sumo cuidado en su regazo junto a su hermano, mientras miraba con cara de honda preocupación los restos descarnados del cordero y las ensangrentadas manos de su esposo.

El viejo emir, al notar los desaprobadores ojos de la sultana, procedió a lavar sus manos con el agua que con destreza vertió uno de sus criados desde una gran jarra de porcelana blanca. Luego, tras constatar la decidida actitud de Zorayda, el sultán volvió a aceptar otro de los corderos que le ofreció su esclavo, el cual corrió igual suerte que el anterior. De este modo, el sangriento ritual se repitió varias veces, hasta que Zorayda tuvo arropados junto a ella a todos los infantes. Los pequeñuelos, sintiéndose a salvo, habían contemplado con curiosa atención todos los pormenores del banquete del sultán.

Finalizada la ceremonia, al sonar los acordes de una melancólica música, los comensales se levantaron de sus asientos al unísono, y abandonaron la sala mecidos en tal ritmo, lentamente, del mismo modo que habían llegado. Las madres también salieron de la sala por el mismo lugar por el que habían entrado, silenciosas y cabizbajas, pero muy aliviadas por poder regresar por fin a sus aposentos con sus hijos.

Deshaciendo un inquietante silencio, los músicos comenzaron a tañer una melancólica melodía, mucho más lenta y pesada que la que habían tocado al comienzo del banquete. Aquella trágica música, unida a la sobrecogedora visión de los ensangrentados restos de los corderos esparcidos por el suelo, consiguió bosquejar una sobrecogedora escena nocturna ante los escasos cortesanos y criados que aún permanecían en el patio.

De súbito, rasgando aquella cadenciosa música, la paz que se había instalado en el patio se vio turbada por un áspero sonido que, en apariencia, correspondía al crepitante estertor de una garganta enferma. Muley Hacén, deseando conocer el origen del enigmático ruido, se levantó con decisión de su asiento y retrocedió con paso rápido a la sala donde había tenido lugar el banquete anterior. Allí encontró a Boabdil, abandonado por su madre y tumbado en el suelo, emitiendo tan sobrecogedoras toses.

Desnudo en la noche, Boabdil pasó largo tiempo escupiendo flemas con gran dificultad, mientras emitía sonoros pitos y sentía intensos dolores en su vientre y en su pecho. Expulsaba cuajarones de leche mezclados con otros de sangre y tiritaba, sin saber si sus males se debían al miedo a caer al vacío o al frío que lo atenazaba.

Tras expulsar toda la leche que había mamado, Boabdil continuó tosiendo desaforadamente hasta que un rayo de luz que se filtró a través de una de las ventanas de su oratorio, acompañado de una voz que susurraba su nombre, le indicó que la próxima hora estaba a punto de ser anunciada en el horologio. Entonces notó que el aire helado de la noche lo había destemplado, y que se ahogaba en sus propios esputos.

La Hora Cuarta. La huida del sultán

Boabdil se sintió de nuevo en la sala del Mexuar; el chasquido de la bolita así se lo indicaba. Abrió los ojos a tiempo para ver al recitador con un rollo prendido entre sus manos, el cual comenzó a ser declamado de inmediato:

Vine en esta hora a recitar
Alabanzas al bravo Muley.
Justo es; Dios revive en él las Zunas,
Y las alegres festividades.
Hoy, mes de Rabi, para tu pueblo
Primavera es, regada por tus nubes.
Con la luz de tu faz, tu reino glorificas;
Con la luz de tu don, fulge la vega.

El recitador detuvo en este último verso la lectura del poema del ínclito sufí. Miró entonces en dirección a la celosía que ocultaba a Boabdil y a sus más directos allegados, indicando así el comienzo de una pausa. Todo la Jassa pudo apreciar entonces un leve pero nítido movimiento en la comisura de sus labios, como si en ellos hubiera sido contenida una involuntaria y amarga sonrisa. Las circunstancias eran propicias para tal acción. En aquellos días, nada más lejano del brillo que la vega nazarí; la luz del sultán era ahora negra, y las nubes que cubrían la ciudad parecían ahora tan impenetrables y secas como la noche, en la que todos sentían hundirse sin remedio.

¿Por qué esa necesidad de adular al sultán? Él no era su antepasado, Mohammed V, pero sentía la burla velada en las palabras del devoto sufí, como si a través de las rotas ondas del tiempo éste pudiera reparar en las cuitas que ahora lo ahogaban, y aprovechara tal tesitura para mofarse de él.

¡De Muhammad la Fe honras, Mohammed!
Por ello recae en ti el favor divino,
Pues por tus manos se edificó este reino, Califa,
Para quien el Sino guarda grandes triunfos,
Los que pronto han predicho los augures
Si, al dar su vaticinio, júbilo piden.
¡Pon en Dios tu confianza, implora su auxilio!
¿Salvo Dios, quién nos basta y nos ayuda?
Él, que a la gran politeísta grey dispersa,
Y a la escasa y fiel grey acrecienta.

A pesar de que estos versos se dirigían a su antepasado, Mohammed V, el sultán notó un punzante acero en las renacidas palabras de Ibn al-Jatíb, las cuales parecían buscar su pecho… Nada más lejano para él que sentirse en aquellos momentos como un califa… ¿Qué victoria podría dar él a sus súbditos? Ya había pedido ayuda a Dios contra los cristianos, quienes lejos de amenguar proliferaban; ellos, por el contrario, en lugar de multiplicarse se extinguían, en número y en espíritu…

Aquellos elogios hacia su antepasado le produjeron un gran incomodo y le despertaron deseos de alejarse de allí de inmediato; correr como una gacela; dejar atrás todo el mundo opresivo y casi extinto en el que desde hacía varios meses vivía; correr en busca de otros días, de otra tierra, de otro cielo…

Inesperadamente, una extraña música comenzó a vibrar en la sala, como si un gigantesco coro de bocinas y trompetas se hubiera dado cita en el exterior. Todos los presentes se irguieron al unísono y se dirigieron a la puerta por donde había penetrado aquel enigmático acorde, donde se agolparon pugnando por descubrir su origen. Sin embargo, el sultán se dirigió a otra puerta opuesta a la anterior, y a su través abandonó la sala. Fuera ya del palacio, comenzó una rápida carrera que pronto le situó en otras zonas alejadas de la Alhambra.

Sentía en su mente latir en extraño ritmo, nacido al dictado de aquella dulce melodía. En ocasiones había creído poder desentrañar el origen de tal sonido, el mismo que siempre lo acechara; son que lo buscaba como el murmullo de un río de esperanza, de aguas tan cálidas como los suaves acordes que acompañan la madrugada.

Pero ahora todo confluía en forma turbulenta en su mente, como un rocío de sangre; como si un fiero estruendo de añafiles de plata en su cerebro anidara.

65

Y no era el agua, sino el viento; el viento; el viento… Azote impiadoso, casi humano, que repitiera su nombre como una terrible letanía; su nombre, no el que nacía en labios de los cristianos, sino aquel al que daban forma los creyentes…

¡Bu Abdal-lah!, ¡Bu Abdal-lah! ¡Bu Abdal-lah!

Al reconocer como a un sonido terrible el eco de su nombre, un relámpago encendió sus piernas, y así pudo trepar con renovada fuerza montaña arriba, como si sintiera próximo un torbellino de sombras, incierto y amenazante.

Inútilmente intentó mantener las sombras en la distancia, creyéndolas una opresión lejana nacida de la noche, como si un extinto deseo lo acechara.

Mas no pudo alcanzar la lejana cumbre; aquellas difusas formas erguían de nuevo sus siluetas, largas y poderosas; como una niebla lúgubre ante la que su vida era tan sólo un contraste; como si él tan sólo fuera un pulso de sombras nacido frente al mortecino relieve de la montaña.

A veces, al desaparecer oculto tras de unas peñas, creyó haberlas dejado muy atrás; en otras ocasiones las intuyó difuminadas al atravesar algún intrincado varal de retama o romero, para con desesperación, tras superar la pelada cima de algún cerro, constatar su acabado intento de rehacerse, como jirones de una persistente nube.

Ya antes había podido sentir su metálico aliento, implacable, como una brisa amarga cargada de fósforo en sus mejillas.

Transido de terror, continuó trepando sin descanso, hasta perder la noción del tiempo y de los caminos por los que ascendía.

Por momentos creyó que la montaña no tendría fin, y que se vería obligado a caminar toda la noche, y aún después de que amaneciera, sin descanso en el transcurso de los días.

Pensó aliviado que, nacido el sol, las fieras sombras tras él crecidas se desharían al ser heridas por la luz de la mañana, al igual que las estrellas se apagan cuando nace el rocío. Pero luego comprendió que aquella huida jamás acabaría, y que continuaría ascendiendo eternamente.

Sentía que sólo podía escapar; escapar monte arriba; escapar como un animal acorralado; escapar como el que sabe que aunque jamás pudiera dejar atrás a sus seguros asesinos, no por ello renunciaría al intento de prolongar su vida en la huida, como si el tiempo así ganado compensara la infinita angustia de unas gotas de luz o vida, como un suspiro de fuego, aun sabiendo que al fin quemaría sus entrañas.

Atravesó con gran dificultad un inmenso peñascal sembrado de afiladas lajas que rasgaron los corchos de sus alcorques hasta romperlos, obligándole a correr descalzo.

Cada nuevo paso fue entonces un inclemente suplicio, en el que sentía la inconfundible humedad de su sangre vertida en las plantas de sus pies, como si caminara por un inmenso lodazal de cristales recientes, al cual marcara con su rojo rastro.

En las breves pausas que la fatiga le obligaba a aceptar, a pesar de la mucha zozobra que su imagen le producía, reconoció la sombra de unas fieras siluetas aproximándose entre intensos jadeos, que resonaron en su mente como un trueno incesante.

Pero esa misma imagen que desde muy lejos percibió le produjo una mayor angustia aún que la falta de noción de sus formas, y retomó de nuevo la marcha con mayor brío, como si el horror infinito que sentía fuera alimento y sangre para sus piernas y le empujara a ascender de nuevo peñas arriba, como haría una gamuza sin rumbo tras de una fatua estela nocturna.

Durante los escasos intervalos de consciencia plena que pudo alcanzar, echó en falta otras sombras familiares; incluso las de sus enemigos, a los cuales últimamente había comenzado a amar, incapaz ya de notar las diferencias entre sus afectos y sus odios.

Ambos sentimientos se habían amasado entre sí con tanta frecuencia y en tan variadas formas y ocasiones que brillaban juntos, como una suerte de cristal afilado por caprichosos colores que entre sus manos le heriría o confortaría, para después fundirse en un único sentimiento del que no podía entender ni reconocer su naturaleza.

Y sentía tan extraña pasión a como la caricia de un hielo hurtando el calor de su vida, o como un aliento de lento destilar, volatilizado como una desesperanza migrada desde la palma de su mano, alimentada de su propia sangre, ya agotada y sin brillo.

Finalmente, ya de madrugada, tras una noche entera de huida, sin descanso, creyó que su suplicio había acabado, pues en las ocasiones en las que había intentado vislumbrar tras de él a sus perseguidoras, siempre había fracasado.

No obstante, continuó ascendiendo, decidido a no detenerse jamás, consciente de que toda distancia que interpusiera con sus sueños sería poca; pero pronto entendió que no conseguiría librarse de las sombras; incapaz de separarse de sus recuerdos; erguidas en la distancia, impiadosas.

Entonces percibió extrañas manchas y vahos entre las piedras, como si hubiera en ellos una oculta vida que jamás antes conociera y que emergía incontenible; ora en el verde funesto de los tomillos; ora entre el suave cimbreo de los espartos; incluso sintió su aliento fluir entre el tenue brillo plateado de las hojas de los olivos, siempre vibrantes bajo un cielo alejado y cerúleo.

Transmutada la noche, acompañante fiel de sus sueños, rasgada en sus entrañas por el lejano umbral del entendimiento.

Comenzó así a sentir cómo el viento le vencía y penetraba por su piel, atravesando todos los poros de su cuerpo y fluyendo hacia su interior, como si una ninfa nocturna deseara amarle.

Hubiera querido azuzar a sus galgos y a sus azores contra la opresión que ahora le anegaba; pero sabía que ellos le habían abandonado también.

No era en la niebla de la noche en la que se perdía, sino en las entrañas de una inmisericorde luna fría; no en su pasado, sino en el infinito camino que aún le faltaba por recorrer.

Hubiera querido asirse con sus manos a alguna rama caída o a las voces que no conseguía hacer rodar desde sus labios, pero su cabellera era ahora del viento, y sus ojos pertenecían a la noche, como ocultas luces.

Y ya no eran estrellas lo que vislumbra en el frío éter, sino ventanas abiertas, desde las que su voz silabeaba, como si ondulara en el corazón muerto del bosque.

Consciente y lúcido al fin de la esterilidad de su huida, subió hasta una peña negra que el horizonte destacaba, decidido a hacer frente a aquella incesante amenaza, y allí cayó extenuado sobre un gigantesco nido que la cima albergaba; pero al poco tiempo se irguió de nuevo, ofreciéndose al vacío, amplio y nítido, sabiendo que, lejana, su silueta tornearía.

Tomó entonces los extremos de los jirones de la marlota que aún vestía, y alzándola contra el viento, gritó a la distancia:

—¡Para, para; detén tu aliento de metal implacable! —pidió, como una alimaña asustada, e hizo una larga pausa en la que sólo se escucharon sus entrecortados suspiros.

—Detén tus garras de sangre y fluye suave sobre mi piel. Dame luz nueva en la mañana y sombras abiertas para la noche —continuó su plegaria, mecido ahora en un viento adormecido y benevolente, al que volvió a gritar:

—Calienta mi espíritu con la lluvia de tus manos, te ruego; unge el aceite de tu ausencia como fuego eterno sobre mi frente —exclamó, agónico en su letanía, percibiendo un viento casi detenido y la proximidad de su despertar.

El viento cesó, Boabdil cayó al suelo extenuado y quedó profundamente dormido. Poco después, aún lejano de la madrugada, sintió una cálida caricia en su rostro y en su pecho, como si una piadosa lluvia de fuego lo bañara, anuncio de que la próxima hora ya comenzaba a arder en el horologio.

La Hora Quinta. La Verdad, "al-Haqq"

El recitador miró durante unos segundos en dirección a la celosía que protegía al emir, y acto seguido continuó dando forma a aquel mágico círculo del tiempo:

Muley, cinco horas ya huyeron
Adornadas de deseos.
Vertió lágrimas la cera
Al presenciar su partida.
Se fueron... ¡Cuántas pasiones
Acumulaban en sus pechos!
Divirtieron sus mofas a un alma
Ya hastiada de lo solemne,
Que, enamorada de las sombras,
Se sorprendió, encandilada
Al sentir los cálidos rayos
De un sol ardiente y luminoso.

Pausa. El silencio que rodeaba al recitador crecía; la Jassa se aletargaba al compás de las cuerdas de un tiempo aromado de cera. Boabdil se reconoció de nuevo en su recinto, rodeado de su familia y allegados. Esas horas huidas a las que se refería Ibn al-Jatîb habían sido para él muchas; tantas como las pasiones que había vivido ¿Se referían a él los versos del enigmático sufí? Así lo creía el sultán, aunque también había momentos en los que dudaba de su identidad; tal vez había retornado a la forma de su antepasado, Muhammad V. Pero él no se sentía tan grande como para ser llamado Muley; él sólo había sembrado la discordia y la división entre su pueblo. Su antepasado sí mereció tal título: tras volver triunfante de Marruecos, fue designado por unanimidad como legítimo sultán, y así era reconocido por el enigmático filósofo. Sin embargo, aquella velada no era celebrada por los motivos festivos que habían impulsado a aquel. Gloriosos habían sido aquellos lejanos días para el impetuoso emir. Algunas similitudes, empero, existían entre ambos: los dos celebraban aquel recital nocturno empujados por los cristianos; pero su antepasado los tenía de aliados; él, de encarnizados enemigos.

Dos sucesores de Mohammed V habían ocupado el trono nazarí tras haber sido éste depuesto: Ismail y Mohammed VI; el último gracias a haber asesinado al primero, su cuñado, quien a su vez antes había destronado y exiliado a Mohammed V. La bajeza moral del homónimo hermanastro del ex-sultán, así como su naturaleza aduladora, eran bien conocidas. Sabiéndose sin apoyos, amenazado por los partidarios del depuesto emir, quien desde el Norte de África intrigaba para retornar al palacio de los Alhamares, no había dudado en viajar a Sevilla para entrevistarse con el rey Pedro I de Castilla, con la intención de colmarle de regalos y recabar su apoyo militar para mantenerse en la Alhambra. Sin embargo, éste, lejos de dejarse seducir por sus halagos, decidió encarcelarlo para vengar el asesinato de Ismael II y el exilio de Mohammed V.

Poco después, el antecesor y sucesor en el trono de Mohammed V había sido escarnecido sobre un pollino, a cuyos lomos y vestido con una capa roja fue finalmente lanceado por el propio Pedro I. Su cabeza, junto a las de muchos otros de sus sicarios, se expuso como trofeo en Sevilla a modo de advertencia para traidores. Ciento treinta años atrás, de nuevo recién entronizado Mohammed V, poco después del primer recital nacido de aquel mismo horologio, éste recibiría como regalo de Pedro I valiosos regalos, así como las testas de toda aquella camarilla de traidores.

Ahora, para él —meditaba Boabdil— no había celebración; sólo desesperanza. Así pues ¿por qué se había afanado el sultán en revivir aquella histórica noche, colmada de gloria para su antepasado? Tal vez, de una forma ingenua, había pretendido burlar al destino subvirtiendo el orden de los acontecimientos. Al fin y al cabo, tras un hecho memorable siempre sucede una jornada de gloria y celebración. Al hallarse encadenados ambos eventos, al precipitar él lo segundo, suponía que había de acontecer lo primero, arrastrado por lo posterior. Muchas eran las circunstancias que concurrían en ambos emires. Las pasiones a las que se refería el sufí eran similares para él y para Mohammed V, así como el vivir entre el odio y las sombras, rodeados de infieles y traidores; las reyertas familiares por ocupar el trono de la Alhambra no eran nuevas en la corte nazarí.

El sultán continuó meditando en torno a las palabras del simbólico poeta... ¿A qué alma tediosa se refería? ¿A la suya, enamorada de la noche, y que no reconocía ni a la Verdad ni al día?

El recitador interrumpió al nazarí en sus pensamientos:
Era el Sol de la Verdad, frente a ella.
Pero, obstinada, el alma huyó,
Mientras otras almas se espantaron
Al saber que venir implicaba volver.
Y si de cadenas fueran cargadas,
Serían viles, esclavas y ruines;
Y si de tales grillos las liberaran,
Lucirían altas, excelsas y gloriosas.

Ya no había duda, el poeta enfrentaba el alma de su antepasado a la Verdad ¿Tenía algo que ocultar el sultán? ¿Acaso no estaba claro el papel que éste había jugado para recuperar el trono, del cual había sido vilmente desposeído? La Verdad siempre ofende a las almas aferradas a los oscuro; la Verdad, "al-Haqq", uno de los nombres de Dios. Boabdil meditaba en torno a cómo debió sentirse su antepasado ante las palabras de Ibn al-Jatíb. Al fin y al cabo, el mordaz poeta era rico y poderoso; poseía ostentosos palacios, riquezas, esclavos, tierras… ¿Quién era él para situar a su emir frente a un sol que lo cegaría? ¿A quién aferraban esos grillos y cadenas? Boabdil comenzó a comprender la posible causa del aciago destino que sufriera el sufí, quien en esos momentos se le antojaba algo insolente y altivo. Tal vez, el germen de su posterior destierro y asesinato, años después, se hallaría en aquella noche en la que su palabra se había cargado de reproches velados contra su emir. Pero ahora, esas palabras parecían dirigirse a él, al actual sultán… ¿Podría él mirar a la Verdad sin ser cegado por sus rayos?

El sultán se debatía entre la desesperanza y el anhelo de abrir sus ojos, sin velos que ocultaran la realidad: había llevado a su reino a la perdición, por haberlo dividido una vez que hubo tomado la decisión de enfrentarse a su padre. En aquellos momentos, un rápido y débil fogonazo unido a un familiar chasquido le indicó la llegada de una nueva bolita del tiempo, anunciando así que otra hora, inexorable, ya descendía para ser recitada en el horologio.

La Hora Sexta. Lo Perenne

Las palabras del recitador penetraron como un torbellino en la mente del sultán, cuando éste aún se hallaba ensimismado en sus pensamientos y sin que hubiera reparado en el ceremonial que al cumplirse cada hora se desarrollaba ante el horologio.

¡Muley, por siempre seas bien guardado!
De la Edad, seis horas acabaron,
Cual tasbih que despierta suspicacia
Por perder seis de sus cuentas.
El Tiempo nos arrebata todo instante
—Dulce cosecha de su mano—
Y, violento, sus fueros exige
Sin subterfugios y con diligencia.
Preveníos de él; es muy celoso,
Y de todo lo caduco nos despoja.

El tiempo, Crono, espía celoso que nos despoja de lo caduco. Su patrimonio ya lo es; su palacio, sus súbditos, su reino… ¿Cuánto tiempo le restaría para notarse como un desposeído? Él, que se había creído al margen de los avatares del tiempo, se hallaba en aquellos momentos acariciado por la nada más infame y absoluta.

Al igual que Crono, él había creído tener una naturaleza casi divina, como la de un titán, y descender de personajes mitológicos, como Gea y Urano. Pocos años atrás, había derrocado a su padre, Muley Hacén, al igual que Crono hiciera con Urano. Así pudo gobernar su reino durante una mítica, aunque corta, Edad Dorada… ¿Sería él también derrocado por sus propios hijos y luego encerrado en el Tártaro, o sería enviado a gobernar algún paraíso lejano; unos nuevos Campos Elíseos? Parecía que, ante el devenir de los acontecimientos y a tenor de los acuerdos de capitulación que negociaban El-Muleh y Abén Comixa con los cristianos, su destino pasaría por alojarse en un paraíso próximo, las Alpujarras; auténtica floresta, pero también remota, rica y salvaje. Las palabras del recitador reverberaban en su mente: *«El tiempo nos arrebata todo instante»* Sí, así era, pero especialmente del cielo, al cual él, como antes hiciera Crono, descreído e insolente, había herido con una hoz mágica ¿Había sentido esa necesidad? Al fin y al cabo, gracias a tal acción pudo establecerse, según la mitología que él bien conocía, la conexión entre el cielo y la tierra, y gracias a ello fueron engendrados los humanos. Así, del mismo modo, él obtuvo su propio tiempo tras herir a su padre, al cual despojó de Aisha, su madre, la nueva Gea de su universo particular. En otro tiempo creyó que su padre merecía tal acción: había negado a sus hijos la sucesión del emirato, relegándolos, como antes hiciera Urano con los suyos, a una especie de Tártaro para que jamás vieran la luz. Sin embargo Aisha, émula de Gea, preparó una emboscada y la hoz de pedernal para que sus hijos castraran a su antiguo esposo.

Gracias a tal hazaña, él, al igual que antes hiciera Crono, había dictado las leyes que se le habían antojado; todos sus actos eran correctos y en su palacio no se conocía la inmoralidad, ni existía complejo de culpa alguno al que sufrir.

De nuevo, súbita y poderosa, la voz del recitador continuó con la declamación del simbólico poema:

Abandona lo corruptible, y así
Podrás de sus males verte libre;
Sin nada a lo que añorar; sin temores
De desunión, sin tiempo y sin espacio.
¿Conoces monasterio sin envidias?
¿Vino alguno puede deleitarse sin recipiente?
¿Dónde está quien desvela los arcanos?
¿Dónde aquel que penetra en los conceptos,
Quien contempla lo Impar y no los pares,
Quien sólo lo Uno ve, y no lo segundo?

La noche envolvía a las palabras de Ibn al-Jatib en un halo de misterio, no obstante, parcialmente desvelado. Todo parecía ahora más claro, como emergido de las sombras que anidaban en aquella sala. Todo era y seguía siendo efímero; antes y ahora. El sultán imaginaba en aquellos instantes a su antepasado, Mohammed V, escuchando aquellos mismos poemas, ciento treinta años atrás ¿Cómo iba a pensar en sí mismo como en algo caduco, tras haber obtenido la gloria pocos días atrás, lo que le había permitido retornar a su palacio? Sin embargo, tanto antes como ahora, la Sabika estaba pletórica de celadas. Como a su predecesor en el trono de los alhamares, a Boabdil se le antojaban algo insolentes las palabras del agudo sufí ¿Acaso le estaba invitando a despojarse de lo caduco, de su reino, recién retornado a la Alhambra? Veladamente, años atrás, el poeta dudaba de la capacidad del sultán para desvelar los arcanos, para adorar a lo Impar; pero parecía estar seguro de su predilección por lo par, por lo accesorio, por lo segundo... ¿Habría escrito para el sultán del presente los mismos poemas? Tal vez sí, pero sin ese deje de duda que impregnaban aquellos versos recién desgranados. Su palacio semejaba ser en todo momento un nido de envidias y traiciones; un vino mal contenido, sin envase alguno que pudiera albergarlo. Con él se habían embriagado muchos de sus familiares, cortesanos y servidores, lo que los había abocado a ser reos de Crono; el mismo al que acababa de aludir el místico sufí. Tal vez, ellos ya no eran más que una amarga, dulce para otros, corruptible cosecha de su mano.

La Hora Séptima. El Caos

La persistente llama que en el cirio central del horologio animaba el transcurso de la noche hirió al cordel de lino de turno que, tenso como el tiempo que lo recorría, comenzó a arder de inmediato. Al ser seccionado por el fuego, el hilo realizó una inesperada sacudida en el aire y su extremo alcanzó la mecha del cirio, la cual produjo entonces un intenso chisporroteo que sonó como un leve crujido de tormenta, y por un momento pareció que se apagaría. No obstante, permaneció un punto de ignición anaranjado, el cual bastó como para que, gracias a otra oportuna brisa, la mecha volviera a encenderse por sí misma. El encargado del horologio, ajeno al juego del fuego, al notar el repique que la caída de una nueva piedrecita originaba en su correspondiente platillo, se dirigió a la taqa recién abierta, extrajo el rollo engendrado por aquella extinta hora y lo entregó al recitador. Éste comenzó de inmediato una nueva declamación:

¡Ay, ya partieron, nocturnas, siete horas!
¿Me devolverán mi vida robada?
Con celo la guardé, pero me la hurtaron.
¿Lo dudas? Mírame y comprenderás.
Nostálgicos insatisfechos; cuantos busques
Hallarás: unos sueñan su honra; otros sus riquezas.
Todos ellos triangulares; pero en el Supremo instante,

Alma, cuerpo y razón; los vértices descolocan.

El sultán se identificó de inmediato con aquellos versos; él también sentía que su vida había sido hurtada, pero no sabía en qué cuantía. Inquieto por tales pensamientos, desde muchos años atrás, había tratado de medir en forma precisa el transcurso del tiempo, con la intención de conocer cuánto duraban sus horas gozosas y también las otras, más frecuentes, amargas; siempre intentando descifrar el sentido de su vida. Por desgracia, sin resultados apreciables. Tal vez, meditaba, había fracasado por no haber sabido encontrar la unidad apropiada para tal fin; unidad de la que ahora ya creía disponer: frente a él se erguía aquel mágico horologio, al que contemplaba expectante. A fin de cuentas, dicho ingenio podría ser usado tanto de noche como de día. Tan sólo necesitaría, pues, apuntalar su ánimo en cada uno de aquellos lapsos de tiempo simétricos que de un modo tan perfecto conectaban los rezos del Adhan y el Ishá con las oraciones intermedias. Ello le permitiría hacer un balance exacto de su tiempo. A falta de una mayor precisión a la que ahora le ofrecía tal artefacto, ya había pensado antes en muchas otras formas posibles de medir el tiempo. Había supuesto que, para descifrar el significado del Cosmos, habría de discernir cuál era su parte más pequeña, y una vez conocida la singularidad de tal ente, añadirle otros semejantes; así podría comprender progresivamente la complejidad de su entorno. De ese modo, sólo alcanzaría a entender a un ejército cuando pudiera comprender la naturaleza de solo uno de sus soldados, e igualmente percibiría la esencia de la sal tras conocer el misterio inherente al más diminuto de sus granos. Cualquier materia, viva o inerte, resultaría por tanto de la unión de elementos ínfimos e indivisibles. Al tiempo, por el contrario, los filósofos le asignaban una naturaleza distinta a la del espacio; el tiempo nunca constituía una sustancia: un día o cualquier otra unidad temporal jamás podría poseerse entera y aunada, ya que la existencia de un estado posterior implicaría la muerte o desaparición del anterior. Era, por tanto, tan sólo una variable de relación; una forma de medir el orden de los acontecimientos. Como las unidades de tiempo desaparecen, pensaba el sultán, los mortales desaparecidos habrían abandonado el tiempo. Morir conllevaría, pues, el permanecer en el espacio, pero fuera del orden de los acontecimientos; en la muerte, todo tiempo sería ya el mismo; pasado, presente y futuro, indistinguibles entre sí e inconmensurables; una especie de memoria desordenada, tal y como en aquellos momentos fluían los recuerdos en su mente, en completo caos ¿Estaría muerto él? No, se contestó de inmediato a sí mismo, ya que podía notar la sucesión de algunos de sus actos. Tal vez, continuó meditando el sultán, el Paraíso sería un lugar privilegiado, escapado de la esclavitud del orden, y cuya suma siempre sería circular y continua: Uno, la Verdad, Dios; sin más elementos que perturbaran tan sublime arquitectura. Sin embargo, ahora, reconociéndose vivo y por tanto dependiente de esa ley de sucesión de actos, él quería percibirse en los acontecimientos, para intentar ordenarlos y llegar así a dominarlos, y escapar de la desesperanza. Entender el tiempo, por tanto, implicaba conocer su unidad ínfima. A pesar de que el sultán conocía la dificultad para separar el tiempo en sus elementos, lo había intentado. Basado en la observación de fenómenos de corta duración, capaces de ser percibidos por su ojo, de todos ellos había seleccionado algunos: la fugacidad del rayo en la tormenta; el latido de su corazón; el parpadeo de su ojo, reconocible al mirarse en un espejo; el aleteo de cualquier inquieta mariposa... Cada una de esas formas de intentar recrearse en el tiempo eran efímeras y, en mayor o menor grado, difícilmente reproducibles; a su corazón no podía contenerlo y menos aún dominarlo; ora desbocado en el batallar, ora quedo y pacífico tras amar... Al rayo no podía pedirlo, sólo esperarlo, siempre incierto y caprichoso... Había intentado, pues, reconocer sus sentimientos de gozo en la mínima levedad de sus parpadeos y en la fugacidad del aleteo de las mariposas. Su deseo hubiera sido reconocer las fracciones de su ánimo en cada una de aquellas diminutas unidades de tiempo. El nazarí comprendía que un único aleteo, de percibirlo con nitidez, equivaldría a un universo completo; sería como la proyección de la Divinidad en un instante, diferenciado tanto del siguiente como del anterior. De este modo, en su esencia, Dios se le manifestaría mediante sucesivos eventos, cada uno de los cuales estaría aislado, y sería distinguible para su ojo, por lo que el tiempo dejaría de ser un estado continuo y se le mostraría vivo y divino a la vez, ya que estaría formado por unidades precisas. Cada una de tales unidades contendría los objetos y sus accidentes: su espada y su peso, su corazón y su ritmo; la nube y su movimiento...

Serían como imágenes congeladas que se repetirían hasta la saciedad en un número aparentemente infinito, como si una larga sucesión de rayos misericordiosos en la noche devolvieran a la vida todo aquello que iluminaban, incansables, hasta crear una larga serie de escenas visibles y animadas, lejos ya de lo oscuro y muerto. La continuidad, a la cual él habría dominado, sería la forma en la que Dios se manifestaba a todas las criaturas; tanto a los hombres, animales y plantas como a lo que en apariencia semejaba ser inerte: la tierra, el agua, el aire y el fuego. Y las pasiones, lo lícito y lo inmoral, la soberbia y la humildad, el amor y el odio, anidarían en cada uno de esos mágicos e indivisibles latidos del tiempo, impregnándolo todo en proporciones más o menos equilibradas, acercando así a objetos y seres en mayor o menor grado a la Unidad Perfecta, a la Verdad, al Orden Supremo… Todo su trabajo consistiría, pues, en llegar a vislumbrar y entender lo más pequeño, para luego intentar reconciliarse con su conjunto, haciéndolo crecer en un orden que lo acercaría definitivamente a un estado próximo a la Divinidad.

El sultán reparó entonces en una bandeja de plata soportada por una pequeña mesa cercana, cuyos bordes, a la débil luz de un candil de aceite, emitían un discreto fulgor. Se hallaba repleta de frutos secos: dátiles, almendras, higos, ciruelas de Corinto y uvas pasas, todo ello espolvoreados con canela, piñones y azúcar. La visión de aquel manjar estimuló su apetito, por lo que maquinalmente alargó el brazo y tomó un pequeño puñado de frutos variados que de inmediato llevó a su boca. Se deleitó con su dulzor, algo áspero y seco, y coligió entonces que alimentarse, como tantos otros actos cotidianos, sería tan sólo en su esencia un intento de evitar el desorden o el caos; continuar inmerso en el tiempo, ya que tal acción se encaminaba a evitar la muerte o, lo que era lo mismo, a eludir la indeterminación del tiempo. Así pues, alimentarse, como el resto de actos de toda su vida, había sido un intento de lucha contra el caos, hacia el que todo lo que vivía parecía arrastrarlo, su padre incluido. Ahora, sin embargo, a pesar de poder ingerir todo el alimento que pudiera necesitar, el caos se hallaba próximo a caer sobre él; sentía la caricia de su lengua de fuego tras las murallas de la ciudad… ¿Qué alimento podría salvarle de tan infame y fúnebre desorden? Impulsado por un fogonazo súbito, alzó entonces la vista, y sobre una cenefa que decoraba la pared situada frente a él, pudo leer: «*Todo lo que poseéis procede de Dios*» ¿Era esa una respuesta a su mucha inquietud?, se preguntó, preso de una repentina zozobra ¿Qué destino le había reservado Dios? ¿Se hallaría abocado a poseer el cruel vacío que nacería tras de las aguas que lo separaban de la tierra de los alárabes; a abarcar una nada próxima; a gozar del caos que le deparaba un futuro hueco?

En aquellos momentos aún gozaba de la materia; la contraposición a la nada que el tiempo le reservaba. Tal vez, la lucha contra su padre, la negación de su ancestro, lo había convertido en el origen de sí mismo; a ocupar la nada, por tanto ¿Sería tal lucha la que lo había llevado al desorden, a la futura pérdida de la forma y del cuerpo? Entonces, si así fuese, de él no podría esperarse otra cosa que el vacío y el hado; la estéril linealidad del tiempo. Si estas suposiciones eran correctas, él, como el Dios de la politeísta grey que tras de las murallas acechaba, también habría de dividirse en otros tres dioses menores: la tierra, el destino y la noche... Tal sería su muerte...

Interrumpiendo las reflexiones del nazarí, las cuales habían sido propiciadas por aquella pasada pausa, el recitador continuó la lectura del séptimo poema:

Fija la mirada en lo que no se aleja
De uno mismo; el pasado el pecho apena.
¡Compasión para las almas que, tras conocer
Su destino, sin aceptarlo se rebelan!
Rompen firmes pactos
Y se condenan, volubles y desleales.
Y si ya caídas Dios les niega la gracia
De Su oculta mirada o palabra;
Y no Se digna pues a socorrerlas,
Su desacato les habrá llevado a tal infamia.

Una vez finalizado este poema, el emir sintió cómo todas las miradas de la Jassa convergían en él. De alguna manera, muchos de los miembros de la alta jerarquía granadina estaban convencidos de que la rebelión que había perpetrado contra su padre era también una rebelión contra el destino; contra Dios... ¿Era ese el auténtico sentido del poema del místico sufí? Se decía que este tenía dos vidas, la del día y la de la noche, puesto que nunca dormía... Tal vez, sus dos vidas también se expresaban en la doble lectura de sus poemas, ciento treinta años atrás y en el presente; dos sultanes a los que reprochar su desafío a Dios, su soberbia, su rebelión contra un sultán anterior; en ambos casos depuesto y sustituido por otro que luego escucharía sus poemas… ¿Había negado Dios a él la Gracia? No parecía habérsela negado a Mohammed V, el cual había gozado de un largo reinado; pero sí parecía haberla negado a él. Los ulemas e imanes, consultados en Fez a mediados del mes del ramadán del año 888, habían sido muy claros: él había violado la debida obediencia a su padre, aunque lo imperdonable había sido su negligencia por haber pedido socorro a los cristianos para recabar ayuda contra sus hermanos musulmanes. Allah, el Altísimo, había hablado claro: «*¡Oh, creyentes! No toméis por amigos a los judíos y a los cristianos, porque unos son amigos de los otros. Aquel de entre vosotros que los tome por amigos se convertirá en uno de ellos. Allah no es guía de la gente injusta…*» y también cuando dijo: «*Aquel de vosotros que lo hiciere, se apartaría del camino llano*» Aquella fatwá había apartado a muchos caballeros musulmanes de su lado. Tal había sido el principio de su final, al que ahora parecía estar llegando. Su actos, uno a uno, mal planificados; caprichosamente ordenados y por tanto alejados de la continuidad que Dios daba a lo justo; sin remedio, dirigido hacia la ruina absoluta; al tiempo quebrado; a la pérdida de la unidad con sus súbditos, con su tiempo, con la naturaleza…

La Hora Octava. La Luz y la oscuridad

Al escuchar el chasquido de la bolita de turno, el sultán abrió los ojos, despertando de la suave somnolencia en la que se hallaba sumido, y a tiempo para ver cómo el encargado ya había entregado el rollo al recitador, el cual lo sostenía desplegado entre sus manos y a la altura de la mirada.

Las horas, ocho ya, ocultas
En las sombras, demuestran sabiduría.
Pasaron, y quien en Dios confía obtuvo
Los sueños que en ellas forjaba.
Desplegaba denuedo inquebrantable;
Y se vistió de noche serena.
No lo dominó el miedo, aunque lo había llamado,
(Éste siempre paraliza al que espera).
La tierra recorrió gritando: ¡Aprisa!,
Y sorteó al mar, que clamaba: ¡Nada eres!
Placer halló en lo Eterno; así, a paso raudo
Y siguiendo el recto camino, sorteó lo caduco.

Boabdil miró a través de la benigna celosía que lo mantenía a salvo de las miradas, a veces demasiado atentas, de sus súbditos. Muchos de los miembros de la Jassa ya habían sido vencidos por el sueño; en algunos puntos de la sala, las sombras parecían tan densas como la noche que a través de las ventanas se deslizaba; la llama del omnipotente cirio que coronaba el horologio emitía tan sólo un leve fulgor que apenas alcanzaba a iluminar al recitador, el cual, puesto en pie ante la taqa octava ya hacía la pausa de rigor. Los poemas de alabanza a Dios que al completo anegaban las paredes de la sala se hallaban ocultos tras un velo de negrura, por lo que apenas podían deletrearse, tan sólo los de la pared más cercana al emir. Sobre una cenefa de yeso, éste pudo leer: «*Todo lo que poseéis procede de Dios*», frase del polígrafo sufí que esa misma noche, durante ocho largas horas, se había dedicado a agitar su conciencia. Todo convergía, como en el simbólico poema que acababa de escuchar, en las sombras. Refugiarse en lo Eterno; huir, como las horas, hacia las sombras; tal sería su sublime deleite. Muchos años atrás, él, como buen musulmán, siempre había pensado en términos de conceptos opuestos; Dios y Diablo; Luz y sombra; pero siempre esperando el triunfo de la Luz. Su miseria actual podría deberse, no obstante, a que tal vez él había creído ver la luz donde no la había. Quizás había confundido demasiadas veces la ausencia de Luz con la oscuridad. A fin de cuentas, meditaba apesadumbrado, las sombras sólo existen porque se alejan de la fuente de luz. Las sombras no viven separadas de la luz; no surgen donde a ellas se les antoja. Las sombras nunca podrían vencer a la luz, porque desaparecerían; sin luz no hay nada, mucho menos sombras, y por tanto reciben el regalo de su existencia a través de la luz; son, pues, sus hijas. Él quizás era hijo de los rayos de una luz demasiado intensa, y por ello había vivido como una negra sombra que crecía en su contorno; pero el intentar una existencia aparte de ella lo había abocado a la destrucción. No se había «vestido de noche serena», como clamaba el conspicuo sufí, aceptando su dependencia de la luz y reconociéndose engendrado por ella en modo inteligente; él había intentado sustituir a la Luz, y por ello había quedado anclado en lo oscuro y caduco, tal y como advertía el mágico poema.

En esos momentos hubiera querido volver al lado de la Luz; aquella luz que nunca temía a las sombras o anhelaba destrucción y muerte. Su guerra, la guerra contra su padre, había sido una lucha iniciada contra algo percibido en su contra, sin comprender que él existía sólo a su lado, como sombra germinada bajo su fuerte luz. Mala actitud. Debería haber intentado reconocerse primero en las sombras, eternas e ilimitadas, para luego intentar percibir esa misma luz en la extinción de su noche, y de esa forma descubrir a su cadí; su guardián; su padre; quien rasgaría el velo de negrura por el que él emergería a la Luz, al Conocimiento, a lo Eterno…

Muley: la vida da Dios a quien lo ama,
Y escucha a quien, prudente, ha navegado.
Siguiendo su camino; no escuches
Por igual a quien alaba y a quien veja.
Lee lo escrito, pero olvida lo superfluo
Y dirígete al arcano del concepto.
¿No guarda la gloria el legado,
Heredado de los Jazray y los Ansār?

El sultán comprendió rápidamente el sentido de las palabras del místico sufí. El amor espiritual que de Dios emana es vida que surge revelándose de la manera más sublime cuando Dios escucha a quien pide, y por medio de la oración se dirige al concepto.

Boabdil imaginó al misterioso sufí escribiendo magníficas plegarias a Dios, siempre buscando el camino apartado de lo superfluo, y guardando la energía que proporciona el recuerdo continuo del Amor espiritual; émulo de la gloria de los que auxiliaron al Profeta en momentos difíciles, como hicieron los Jazray y los Ansār.

Las palabras del místico sugieren al nazarí que el Camino, la navegación, siempre será largo y difícil, aunque nunca estéril; quien busca a Dios, lo encuentra siempre. El Conocimiento no vendría del maestro, sino que sería otorgado por Dios mismo, al nacer de su propio corazón cuando se dirigiera al arcano del concepto y se olvidara de lo superfluo.

Es evidente que el sufí hablaba de sí mismo en este poema: *"y quien en Dios confía obtuvo* [de las horas] *Los sueños que en ellas forjaba"…"* ¿Estaba hablando el místico de su pasado exilio en Berbería, y de cómo su confianza en la divinidad le había regalado la vuelta a su amada Alhambra? También hablaba de sortear el mar, el que separaba ambas tierras, la suya y la de los alárabes… *"Y siguiendo el recto camino, sorteó lo caduco…"* ¿O tal vez se estaría refiriendo el poeta a los sultanes que habían conseguido trascender en el tiempo? Aquella noche, el nazarí comenzaba a comprender mejor al enigmático sufí; «*lee lo escrito*», le dice éste desde lo más hondo de las sombras. Desde niño, él ha gustado deleitarse con la poesía del malogrado filósofo; no era posible otra elección, sus poemas decoraban muchas de las paredes Alhambra. Su deseo de sentirse como parte del Universo le había acarreado serios problemas. Recordaba algunos otros de sus sublimes versos, como los de las taqas de los jarros del agua de la Qubba, que siempre leía tras haber sido deslumbrado por el mármol que pisaba al acceder al recinto. El emir meditó en torno a que aquellos poemas esculpidos en piedra estaban destinados a ensalzar la figura de su predecesor en el trono Yūsuf I; quien fuera asesinado orando en una mezquita y sustituido por su hijo, Mohammed V, depuesto y nuevamente entronizado después de largas luchas fratricidas. Tras su retorno a la Alhambra, este sultán había sido generoso con el sufí y con otro poeta que antes fuera su discípulo, Ibn Zamrak, ahora su díscolo rival. A ambos, sin embargo, mantuvo en la corte. Éste fue nombrado su secretario privado y designado poeta de la Jassa, mientras que Ibn al-Jatib pasó a ejercer como visir ¿Cómo se atrevía el sufí entonces a moralizar al retornado nazarí con unos versos tan punzantes?

Quizás, cuando decía: "Lee lo escrito, pero olvida lo superfluo; Y dirígete al arcano del concepto", le estaba sugiriendo que se olvidara de a qué régulo se dirigían sus poemas, y que se aplicara tan sólo a la esencia de su arte; que se ocupara de la necesidad de encontrar la gloria emulando el camino recto y espiritual, como el que siguieron en su momento los Jazray y los Ansār... *"no escuches por igual a quien alaba y a quien veja"* Evidentemente, el que alababa era el sufí, y quien vejaba sería su antiguo discípulo y también rival, Ibn Zamrak. Implicado en un complicado juego de azares, aquel gran salón del trono no había sido construido para Mohammed V; estuvo pensado para su padre, el soberano Yūsuf I, y para su primer ministro, Ibn al-Jatīb, diseñado por ambos en la búsqueda de su propio deleite. Su arquitectura; textos coránicos y poéticos; ornamentación en cerámica, escayola, madera y demás elementos, habían sido ejecutados por encargo del asesinado sultán, quien reinó sin llegar a escuchar los versos del horologio. Mohammed V, pues, gozó del esfuerzo económico y artístico de su malogrado padre. Sólo su visir, el erudito insomne, pudo disfrutar del palacio con ambos... ¿Cómo había sido tan hábil para trascender a toda vicisitud aquel místico que ahora, retornado desde algún perdido pliegue del tiempo, tan abiertamente volvía desafiar a ambos sultanes? Tal vez aquella imprudente osadía había sido la causa de su trágico final ciento treinta años atrás; final al que irremisiblemente se enfrentaría algunos años después.

La Hora Novena. Ibn al-Jatîb, el de las dos tumbas

La hora nona había acudido, como las anteriores, puntual a su cita:

¡Muley, avanza entre enseñas victoriosas!
La hora nona finó, y te anuncio
A la caravana que engendra la noche
Ya refugiada en el denso Occidente.
Ante ti me postro, rey de reyes,
Aunque me sirva de astros como esclavos,
Pues entre tus cortesanos, siempre dichosos,
El arbitrio de la belleza compete a la Jassa,
Cuyas fascinadas miradas agostan
Tus fieros leones, ocultos entre las sombras
De la noche, entre espigadas columnas.

Estos versos avivaron de nuevo en Boabdil recuerdos de la pasada vida del sutil filósofo, cuyas sentencias agitaban su conciencia aquella noche. La velada que pasara junto a Mohammed V escuchando aquellos poemas, un siglo atrás, fue una más de las muchas de vino y rosas para ambos. Recién retornados de Berbería, capturado y muerto en Sevilla su rival, Mohammed VI, y ya con el poder absoluto en sus manos, el entonces recién entronizado sultán y el poeta eran, ante todo, dos buenos amigos que habían padecido juntos en sus carnes el destierro y la persecución ¿Era esto lo que explicaba la forma tan moralista, paternal y a la vez algo mordaz de aquellos versos? A pesar de tan aparente jovialidad, poco tiempo después la envidia hizo mella en los adversarios del sufí. Incluso su propio discípulo, el poeta Ibn Zamrak, lo acusó de deslealtad al Islam. También vertieron duras infamias contra él muchos juristas, que lo tildaron de hereje, de romper los lazos con el Islam, de criticar al Profeta y de conductas deshonestas. Contra él se redactaron acusaciones muy duras en variados opúsculos, puestos en circulación por los reformistas de su época… ¿Era soberbio el sufí? Así lo creían sus enemigos.

¡Muley!, la Verdad sigue, cual faro
Que en la alta cúpula del reino fulge.
Pon tu confianza en Dios; para tus anhelos,
Con plenitud obtendrás Su gracia.
Él clavará tu acero donde lo empuñes;
Doquiera tenses saeta, Él será Arquero.
Que el halo de la traición no te seduzca:
Sus destellos son sólo pesadillas.
La luz de la Verdad busca; salvo ella,
Todo es engaño y vana ilusión.

¿Había tenido una premonición el poeta que así se expresaba? ¿Pensaba el lojeño que Mohammed V se dejaría llevar por el halo de la traición? Tal vez, en aquellos momentos, el sufí ya sospechaba el aciago destino que podría aguardarle. A fin de cuentas, éste era en extremo perspicaz y conocería de sobra a su antiguo discípulo, Ibn Zamrak, al cual corregía sus versos; al mismo que antes o después acabaría traicionándolo ¿Buscaba su salvación el sufí al pedir al otrora sultán que siguiera a la Verdad como faro, en lugar de dejarse deslumbrar por destellos que eran tan sólo pesadillas, como las adulaciones cargadas de veneno de su antiguo aprendiz? Indudablemente, Ibn Zamrak nunca habría seguido a la Verdad, pues se había atribuido muchos de los poemas epigráficos de la Alambra que en realidad habían sido creados por su maestro. De este modo, en una forma tanto real como simbólica, había intentado matar dos veces a su preceptor, Ibn al-Jatîb, despojándole no sólo de la vida, sino también de la autoría de su obra poética.

Boabdil rememoró los últimos ecos de la vida del genial poeta, cuyos versos estremecían su conciencia aquella noche. Emigrado a Ceuta huyendo de las conspiraciones que su antiguo discípulo tramaba contra él, el sufí recibiría allí todo tipos de honores y atenciones. Poco después, instalado en Tremecén, el sultán merinida lo acogería entusiasmado, incluyéndolo como a uno más entre los miembros de su séquito. Bajo el influjo de su naciente amistad, el granadino confió en su situación lo bastante como para hacer viajar a su familia hasta allá para reunirse con él, y así acogerse todos ellos a la protección de la corte del meriní. Mientras, en Granada, el huido comenzó a ser considerado como un traidor. El sultán Mohammed V, su antiguo protector, fue persuadido del carácter materialista y sufí de su antiguo visir, por lo que declaró a éste infiel y exigió del sultán Abd al-Aziz, su protector en Berbería, castigo para el refugiado. Muerto aquel, los meriníes regresarían a Fez, lo que también hizo Ibn al-Jatíb, ahora miembro de la corte de Abú Bakú Ibn Gazi, regente en la administración merinida. En su nuevo destino el sufí construiría suntuosas mansiones, provistas de hermosos jardines. Sin embargo, poco después, el nuevo sultán, Abú-I-Abbas, lo mandó torturar, tras haber dado crédito a acusaciones que lo tildaban de poeta maldito. Una vez encarcelado y por tanto accesible a sus enemigos, su final se encontraba ya próximo; una cuadrilla de sicarios, entre los que se encontraban agentes granadinos enviados por Ibn Zamrak, se introdujeron furtivamente en la prisión y con completa impunidad estrangularon al genial pensador. Se le dio entierro en el cementerio de la Puerta de El-Mahruk «*la puerta del quemado*», en el mismo Fez, pero al día siguiente se encontró su cadáver quemado y vejado. Sus asesinos, queriendo asegurarse de que su trabajo estaba realizado a la perfección, o tal vez temiendo alguna argucia del genial poeta, que también era docto en medicina, decidieron sacarlo de su tumba y rematar su faena. Tras darle definitiva sepultura, desde entonces el bardo y filósofo granadino también sería llamado como «*el de las dos tumbas*», además de como «*el de las dos vidas*»

Algunos versos del genial polígrafo, compuestos poco antes de su asesinato en Fez, se agitaron entonces en la mente de Boabdil:

Decid a mis amigos: ¡Ibn al-Jatíb ha partido!
¡Ya no existe!
¿Y quién no ha de morir?

Decid a los risueños: ¡Rían los inmortales!

Así como otros que parecían haberse anidado en su mente, y que sin cesar se repetían:

La luz de la Verdad busca: salvo ella,
Todo es engaño y vana ilusión.

La Hora Décima. La oscilación del Gran Péndulo Cósmico

Boabdil se hallaba en la galería cubierta que daba acceso a su oratorio particular, desde donde alcanzaba a divisar la ciudad con toda nitidez, hasta los confines marcados por los puestos de guardia nazaríes destacados en las murallas, siempre vigilantes de los movimientos de las tropas cristianas acantonadas en las proximidades. Asomado a través de uno de los amplios arcos de aquel corredor y apoyado en el alféizar de la balconada, alcanzaba a distinguir algunas luces en la colina del Albaycin, delatoras del insomnio de muchos de sus súbditos, cuyas miserias le privaban del sueño. Un torbellino de sonidos, inconfundibles, ascendía desde las sombras hasta lo más alto de aquella colina, para luego bullir en absoluto desorden en la mente del sultán: el crepitar de las toses enfermizas de los que aún andaban por las calles; los gritos agónicos y desesperanzados de algún moribundo; los rebuznos de una infinidad de asnos hambrientos; el canto de algún gallo desorientado… Otros sonidos tenían su origen, sin embargo, en la misma Sabika: la cadencia del agua fluyendo entre las albercas de la fortaleza; el suave tremolar de las copas de los sauces; el chirrido de algunos postigos mal engrasados a los que la brisa nocturna mecía con suavidad… Más lejos aún, una siniestra línea de fuegos en el horizonte delataba la primera línea de las tropas cristianas que mantenía presa a la ciudad. De súbito, absorto como se hallaba en la contemplación de la profundidad de la noche, notó cómo un aire helado le hería el rostro, la única parte de su cuerpo que junto a sus manos se hallaba descubierta. Tal sensación ya la había experimentado muchas veces en sus noches de insomnio; sabía que correspondía al anuncio de la próxima madrugada, y que sin tregua daría paso a otro día similar al pasado, o más probablemente, de acrecentado infortunio.

El sultán dirigió la mirada al abismo que bajo él se abría, y por unos instantes se dejó seducir por la tentación de su honda negritud. Ya había pensado con anterioridad en la muerte; en variadas ocasiones se había preguntado cómo le llegaría a él tal trance y en la oculta razón por la que ésta aún no se había decidido a pactar con él... La había buscado incansable y con ansia en el batallar: en Moclín; en Loxa; junto a aquellas mismas murallas... Siempre sin éxito. Tal vez, su mayor castigo por el levantamiento que había promovido contra su padre había sido el dejar de recibir la muerte; añorarla siempre a pesar de su disposición a padecerla...

«¡Por qué la muerte no quiere ni ha querido nunca de mí!»

La recreación de su muerte era el bálsamo con el que se consolaba ante sus muchos infortunios. Ahora sentía que la tenía próxima, allá abajo, accesible y tentadora... Desde lo más hondo de aquella negrura, creyó ver cómo un enjambre de manos, reverberando entre el follaje de las copas de los álamos próximos, repetía un movimiento de vaivén hacia adelante y hacia atrás; manos que parecían llamarlo, atraerlo, ofrecerle un lugar entre ellas... Le hablaban de un lugar dulce entre las sombras, donde no tendría que dar respuestas; donde no era preciso añorar otros momentos; donde podría fundirse con sus antepasados y amigos muertos... Un lugar donde no se sonrojaría al escuchar los versos de gloria dedicados a su antepasado, el sultán Mohammed V.

Como siempre le sucedía cuando se dejaba llevar por tales pensamientos, el sultán pensó en su esposa; en cómo ella le aguardaría en el lecho, incondicionalmente suya, cálida como una brisa que siempre lo atemperaba. Entonces, tras admirar el abismo que bajo él se abría, optó por regresar al Mexuar; sabía que la próxima bolita estaría al caer.

En pocos instantes el sultán se mostró de nuevo ante la Jassa, y procedió a atravesar un espacio que, a su paso, abrían los muchos dignatarios que alfombraban la sala, y que hasta ese momento habían permanecido plácidamente recostados. Con sumo apremio y a paso veloz se dirigió hacia el flanco oriental de la sala, donde su atalaya le aguardaba. Accedió a ella por la escalera de siempre, la cual se hallaba recubierta de ladrillos encostrados de vidriados multicolores. Aquella obra, al reflejar las luces de los cirios dispuestos en su contorno, conformó una variada gama de luces y sombras sobre el cuerpo del sultán. Éste procedió a tomar asiento en el centro de la plataforma, donde se sintió amparado, tanto por la cerrada compasión de la celosía que lo rodeaba como por la presencia de sus más allegados, a quienes saludó con adusto gesto de su mano.

El recitador ya tenía el rollo en sus manos, pero haciendo gala de debido respeto, aguardó a que el sultán se hubiese acomodado antes de iniciar la lectura:

¡Oh, aquel al que la Fe llena de alegría,
Y a quien citan al hablar de justos!
¡Mohammed! Esa límpida conducta
Mantén para con Dios; la rige el Sino:
Luna llena, de halo el Califato;
Sol radiante, su órbita por gloria;
Fina nube, la lluvia es su dádiva;
Fiero león, espadas como garras.
Diez horas, hechas diezmos, corren y huyen
Al refugio de las sombras, alegres,
Pues nació en tal noche quien en su tumba
Congrega caravanas y muchedumbres.
La noche ya huye: de sus tinieblas
Surgirá la aurora, y luego el día.
Si se mustian los azahares de los astros,
Brotarán flores en tu Corte, de eterno aroma.
Vence el alba al crepúsculo por leyes
Veladas y poder de ocultos arcanos.
Todo está en orden; todo ello
Por Dios, "Quien par no tiene, el Invencible"

Aquella noche dichosa en la que nació «el que congrega caravanas hacia su tumba», semejaba ser muy diferente de la que él ahora vivía. Las sombras podrían ser las mismas, pero refugiarían horas muy distintas; antes alegres, ahora enlutadas. El Sino se había mostrado adverso para el sultán… A pesar de las palabras del sufí, en las que afirmaba que «*Si se mustian los azahares de los astros, Brotarán flores en tu Corte, de eterno aroma*», Boabdil no estaba seguro en absoluto de tal destino. El Orden, en el que se suceden la noche y el día, el alba y el crepúsculo, todo ello proveniente de Dios, «por leyes veladas y poder de ocultos arcanos», parecía haberlos destinado a desaparecer. A fin de cuentas, en una sucesión circular de acontecimientos, ellos habían reemplazado a los cristianos en aquellas tierras, de un modo similar a como la Luz vence a las tinieblas. Pero... ¿No podría ocurrir que la tiniebla retornara para sustituir al día? Quizás ese Orden al que se refería el místico sufí se había manifestado al incluirlos a ellos en el poder de los ocultos arcanos, y ahora deberían acatar el dictado de leyes veladas. Entonces, él no sería más que la imagen especular de su antepasado, Mohammed V; una especie de compensación del Destino; una oscilación del Gran Péndulo Cósmico que gobierna al mundo… No obstante, el nazarí concluyó que si acaso ellos eran vencidos en tan difíciles momentos, antes o después, algún sultán sería engendrado en los recovecos del tiempo futuro para compensar el desastre acaecido en los momentos actuales. Tal idea no podía, no obstante, consolar al nazarí, quien comprendía que la próxima hora, que en el horologio ya parecía próxima a nacer, podría ser también la última para ellos.

El sultán ya había conocido antes el poder de los arcanos. En su niñez, en los intervalos de tiempo que transcurrían entre los agotadores juegos de guerra a los que durante inconmensurables horas se entregaba junto a sus primos y amigos, tenía la oportunidad de sentirlos próximos. Quedo y calmado junto a un árbol, próximo al caño de una fuente o bajo la fugaz sombra de alguna nube, él había comprendido su oculto lenguaje. En aquellos días, la musgosa piedra que daba forma a cualquier alberca le hablaba, con voz propia y distinta a la humana, pero discernible a su entendimiento. De entre la cerrazón de troncos que conformaban cualquier valla de laureles, él había visto abrirse nuevos e ignotos mundos, en los cuales no le cabía la menor duda acerca de que existirían tesituras similares a las que él ahora vivía. En las alturas, las formas de cualquier nube, siempre caprichosas e impredecibles, le mostraban a personas situadas en distintas esferas, algunas ya fallecidas y otras esperando aún su nacimiento. Junto a ellas había conseguido descifrar los ocultos arcanos de los que ahora, desde el pozo del tiempo, le hablaba Ibn al-Jatîb. En aquellos años, cuyos días carecían de orillas, había conseguido descifrar el significado de los ocultos arcanos; su entendimiento emanaba desde el zigzagueante vuelo de cualquier leve mariposa; en el movimiento pendular de las ramas de los álamos al ser mecidas por una suave brisa al crepúsculo; en la expresión cambiante de los luminosos rostros que se asomaban a través de cualquier nube solitaria; en las ondas nacidas bajo el caño de la alberca en el patio donde junto a sus amigos se bañaba en verano... Nunca hubiera querido abandonar aquel preciso tiempo; tiempo en el que lo inerte era tan sólo una apariencia; una forma de permanecer fuera del dictado del orden; un capricho voluble de las formas, a las cuales podía entender siempre y cuando se aplicara a captarlas mediante el sentido oportuno…

La Hora Undécima. Las quimeras del tiempo

Incierto es el destino que aguarda a las almas a Él encomendadas, meditaba el amenazado sultán. Le interrumpió en sus pensamientos la atronadora voz del recitador, quien ya daba vida a uno de los poemas que regresaban de un olvido centenario:

¡Cefirillo que aletea en la floresta!
Tengo el alma herida ¿Podrás sanarla?
Al alejarse la noche se renovaron los pactos
Cuyo plazo negocié en su huida.
Sobre nosotros cayó el adiós, castigo
Injusto para almas sensibles.
Diez horas son diez diezmos, al partir
—¡Bienaventurados los veloces!— la caravana.
¡Qué vida de placeres gozamos!
¡Con qué brío guió la alegre tropa!
La Verdad estaba presente; su rostro
Descubierto; sus palabras eran dulces.
Descalzo, el templo de la Unión
Tapizó mi paso, y el Amado llenaba mi copa.
Has hurtado mis años juveniles,
Noche negra y de espesos recovecos,
Y como mi canicie, llegó el alba,
De pronta desunión las dos, auguro.

¡Guarde Dios, doquiera se dirijan, a viajeros
Que almizclan los confines del camino!
Al decirles adiós, ¡Gran pena atenaza!
¿Cuándo un nuevo encuentro?
Mas con tal fausto Imán las esperanzas
Se acercan: tras de la pena, vendrá el gozo.
Dios, a los de extinta vida, ha de unirnos
En un Edén de delicias eterno.
(Los escépticos de la vida espiritual
No tendrán cabida en el Paraíso).

El emir abandonó su acolchado almohadón una vez más en aquella efímera noche y descendió por la escalera de madera labrada que moría en su plataforma, evitando reflexionar sobre las palabras del místico insomne, con la intención de pasear para vencer el sopor que comenzaba a atenazarlo. Tras atravesar una sala repleta de cortesanos que ya derrengados por el suelo mayoritariamente dormitaban, salió al patio exterior. Comenzaba a amanecer. Pronto dejó atrás los patios y dependencias anejas al Mexuar, hasta que alcanzó los jardines próximos. Un leve resplandor, casi tan rosado como las mejillas de una doncella cristiana, se insinuaba en dirección a la Quibla, haciendo crecer en la floresta toda suerte de claroscuros sembrados de variadas tonalidades, como si diminutas semillas de luz brotaran desde los más profundos recovecos de la noche. Latido en la distancia, un ansioso rumor de palmas atemperaba la fría quietud del aire, seguro anuncio de la próxima madrugada.

El suave murmullo de una fuente lejana guió los pasos del emir, como si reclamara su presencia; llamada de una suerte de Paraíso anticipado hacia el que caminó expectante. Al llegar al jardín desde donde emanaba aquella misteriosa melodía, Boabdil notó fulgir en el estanque central el canto cristalizado de un agua núbil, buscando el deleite de todos los que la contemplaran. Detenido junto al muro que contorneaba la alberca, admiró la armonía de los dibujos florales que la decoraban, y luego palpó la suavidad de los musgos que tapizaban sus muros. Pudo apreciar así su quieta superficie, tan sólo perturbada por las leves ondas que engendraba el caño que la nutría. De súbito, ante sus sorprendidos ojos, varias siluetas de humana apariencia parecieron formarse sobre aquella fina lámina de vidrio licuado, las cuales se movían alentadas por los rescoldos de una casi extinta luna; siluetas en las que el sultán creyó reconocer a algunos de sus familiares ya fallecidos. Inquieto, comenzó a prestar mayor atención a tales personajes, mientras se hacía cábalas en torno al origen de aquella incipiente cristalización en el tiempo. Concluyó que la causa más probable de aquel fenómeno sería la debida al hecho de que las imágenes que algún día se forman en la superficie espejada del agua, en ella habían de permanecer para siempre; y a pesar de que la perturbación de las ondas siempre destruye lo vivido en ellas, una oportuna combinación de movimientos puede devolver a la vida lo previamente reflejado y absorbido en tal superficie, pues ésta comparte con el espejo la naturaleza del azogue, habida cuenta de que el principio común a ambas sustancias es la propia de un líquido invertido.

Además, según ya había comprendido el sultán, su vida y los accidentes que la habían acompañado eran consecuencia de otros acontecimientos previos; acontecimientos a los que nunca había podido controlar. Sabía que todo lo que estaba ocurriendo en aquellos precisos momentos, tanto a su vida como a su reino, era debido al simple efecto de unos primeros sucesos ajenos a su albedrío; la consecuencia de una relación de causas que lo habían conducido hasta la encrucijada actual. Pero ahora, el destino parecía darle la oportunidad de conocerlos. Con toda seguridad, meditaba Boabdil, al estarse ya materializando lo secundario en su vida, el efecto, como consecuencia de una intrincada red de interacciones, los sucesos que lo habían acompañado habrían dejado libre de carga a la causa en su origen; causa que ahora emergía de aquellas aguas para mostrarse desnuda ante sus ojos. Al igual que el cielo, que engendra las nubes, tras el estallido de una tormenta vuelve a mostrarse diáfano y puede ser percibido de nuevo en su origen cuando ésta se disipa, aquellas aguas, que habían reflejado los principios de los males que ahora lo aquejaban, también podrían mostrarle la esencia primigenia de los mismos por haberse materializado ya en él sus efectos.

Sumido en estas reflexiones, un expectante sultán introdujo sus manos ansiosas en aquella agua luminosa, como si quisiera ordeñarla para extraer de ella el pasado que tanto le inquietaba. Alumbrados por los primeros destellos del día, pudo ver cómo en la rosácea superficie a la que rasgaba comenzaba a bosquejarse la imagen de un grupo de personas ataviadas con trajes antiguos, los cuales parecían gozar de vida propia. Paulatinamente, escapando del agua, aquellas extrañas figuras humanas se moldearon por completo en el exterior de la fuente; cuerpos que ahora se deslizaban de nuevo por el recinto palaciego, en apariencia libres.

Dos de aquellos fantásticos personajes correspondían a sus padres. Su madre albergaba en sus brazos a un recién nacido, en el que de inmediato se reconoció. Parecían consultar a un astrólogo, en cuya faz Boabdil identificó a Ben-Maj-Kulmut, el famoso adivino al que su esposa solía consultar en variadas ocasiones. El sultán sabía que sus padres habían solicitado su vaticinio cuando él naciera, treinta y dos años atrás.

El sabio, mostrando un rostro joven y agraciado que Boabdil nunca había conocido, se dirigía con sumo respeto y apesadumbrada voz a Muley Hacén:

—Sabio y amado hijo del Profeta, mi señor, los astros no se encontraban en el lugar preciso que hubierais deseado; aquel espacio que vuestro hijo por su linaje más merecía. Nada más escuchar su primer llanto alcé mi vista; los luminares del cielo comenzaban a moverse en sus precisas órbitas; los planetas, como grumos de luz, se adherían entre sí en el gran sendero cósmico, todos hermanados y en estrecho parentesco; mas ninguno abandonó la parte occidental del firmamento en el momento del nacimiento de vuestro hijo. Dicha parte del cielo careció en tal momento de estrellas importantes. Ominosa es

115

tal situación, para mí decíroslo y para el futuro emir padecerlo; sin atisbo de duda, los planetas habitaban en la dirección opuesta a la Meca. He inquirido a otros sabios y astrólogos, buscando su coincidencia en mi interpretación, y ninguno de ellos ha rebatido los augurios del mapa estelar que os he descrito; en todo comparten conmigo los negros presagios que para vuestro hijo y vuestro reino el cielo vaticina.

Muley Hacén parecía nervioso y malhumorado. Hubiera deseado del cabalista la usual benevolencia con la que solían obsequiar los a los nacidos de ilustre linaje, pero el mapa estelar parecía demasiado evidente como para ser optimistas.

—Y bien, ¿qué acontecimientos aguardan en el futuro a mi hijo? —preguntó al astrólogo con cierta desesperanza.

—Mi señor, Allah es grande. Sólo Él controla el destino de los imperios. Escrito está en los astros; este niño se sentará en vuestro trono algún día, pero la caída de los nazaríes acaecerá durante su reinado.

Una vez difuminada tal escena en una suerte de niebla azulada que de súbito emergió de entre la floresta que bordeaba la fuente, aquellos personajes continuaron viviendo ante los ojos del sultán, pero aplicados a otras situaciones que a él ya no le interesaban, por lo que acabó desentendiéndose de ellos, al comprender que se le habían manifestado en una suerte de quimera formada por el tiempo para él; tal vez, como agradecimiento por su continuado empeño en intentar comprender la dimensión precisa de su unidad ínfima.

Apesadumbrado ante el dramático y pasado suceso que acababa de contemplar, Boabdil dejó atrás el estanque y caminó a través de una estrecha vereda flanqueada por cipreses, meditando en torno a las palabras del sabio astrólogo y lamentándose de su aciaga suerte. Repentinamente, sin darle tiempo a reaccionar, un desconocido emergió de entre las últimas sombras de la noche, asiéndole por las manos y deteniendo así su marcha. El emir quedó paralizado de terror y desconcertado, falto de respiración y sintiendo su corazón latir como si de un caballo desbocado se tratara. En un acto maquinal, intentó desasirse de aquellas manos que con tan fiero ímpetu retenían las suyas, pero sin éxito; cuanta más energía y determinación ponía en tal empeño, con mayor fuerza le eran asidas. Se detuvo pues, decidido a afrontar su destino, tras considerar que nada podía hacer contra aquel desconocido de hercúlea fuerza. Cuando sus pupilas se hubieron relajado lo suficiente, pudo observar con detenimiento a su supuesto enemigo, cuyos rasgos le resultaron extrañamente familiares. Su rostro, de facciones delicadas y rasgos juveniles, era joven y hermoso; casi femenino, pues mostraba una larga y luminosa cabellera que caída flotaba en el vacío, más allá de su largo y fino cuello. Su gesto exhibía determinación y cierta arrogancia, aunque no parecía traslucir odio hacia él. La expresión de su oponente desconcertó aún más al sultán, por entender que a pesar de que la actitud de tal sujeto era de amenaza, no era tal la intención que parecía emanar de su ánimo. No obstante, la constatación de la ausencia de acritud en la faz de aquel joven también le dio fuerzas para combatirlo, por lo que con renovado ímpetu alzó sus manos con decisión y energía, consiguiendo así librarse de las de su supuesto enemigo. No obstante, éste no cambió la expresión de su semblante; tan sólo intentó reducir de nuevo al sultán, ahora tratando de asirlo por los antebrazos. Por su parte, Boabdil, impulsado por una fuerte flexión de sus piernas, se abalanzó sobre el desconocido y consiguió atrapar su cuerpo por el torso, tras lo cual ambos comenzaron un intenso forcejeo que finalmente les hizo caer al suelo entrelazados. Tras dar varios giros, siempre intentando desasirse el uno del otro, continuaron la lucha con renovada saña y fiereza. El sultán intentó ahogar a su oponente estrechando con las manos su cuello, mientras que éste a su vez lo golpeó en el vientre, en el pecho y en el rostro, hasta que consiguió provocarle un fuerte sangrado que le anegó los ojos y emborronó su visión. Al constatar que nunca conseguiría estrangularlo, Boabdil desistió de continuar apretando su cuello, y comenzó a golpearlo con los puños en la cara. Sin embargo, a pesar de las muchas ocasiones en las que consiguió alcanzar sus ojos y mejillas, advirtió que no había conseguido hacerle verter ni una sola gota de sangre; ni tan siquiera causarle la más mínima magulladura. Entonces se incorporó con rapidez, con la intención de golpear con los pies el rostro del aquel enigmático personaje, lo que hizo con crueldad y saña. Éste, siempre sin abandonar su expresión beatífica, se levantó del suelo y desafió con la mirada al sultán, con unos ojos tan luminosos que le parecieron ascuas flotando sobre el violento fuego en el que ambos se hallaban. Luego, en lugar de seguir luchando, sin darle tiempo a reaccionar, el aparecido tocó suavemente con la mano izquierda la cadera del sultán. De inmediato, éste sintió cómo sus piernas se descoyuntaban, y cayó derribado al suelo como si una caña quebrada fuera. Ya caído, pudo notar cómo sobre ellos descendían unas finas hebras de luz que fluían desde un cielo ya abierto y sonrosado, y recortado frente a aquella incipiente aurora apreció mejor el rostro de su adversario, el cual se hallaba tan tranquilo como cuando habían comenzado el combate.

El sultán comprendió el significado de la agresión de la que había sido objeto, y se arrastró por el suelo hasta que pudo aferrarse a los pies de aquel desconocido, el cual semejaba ser un espíritu celeste, al cual pidió con desesperación:

—¡Otórgame tu favor! ¡Señálame el camino de la victoria!

La faz del interpelado no se inmutó. Mostrando la misma energía que había desarrollado en el combate, se zafó de los brazos del emir y se situó a unos pocos metros ante él, hierático y en apariencia expectante.

Entonces el sultán apreció mejor el semblante de aquel ángel guerrero y, sorprendiéndose mucho, vio que tenía su mismo rostro. De súbito, comprendió que era un mensajero divino el que ahora ante él se mostraba. En su oponente convergía su pasado: batallas, intrigas palaciegas, el amor por su esposa e hijos; todo ello transustanciado en aquel ángel luminoso, cuyos ojos eran sus mismos ojos; cuyas manos eran espejos de las suyas propias; cuya sangre era zumo de su sangre derramada…

No había podido vencerse. Había luchado contra él mismo.

Aquel espíritu nada dijo. Muy pausado, se acercó el emir, y con las palmas de sus manos abiertas le acarició la frente, tras lo cual se desvaneció.

Tras unos minutos de desesperanza, una vez repuesto de la fatiga del combate, Boabdil se incorporó sin dejar de meditar en lo que se hallaba viviendo aquella noche, y continuó su paseo. Detenido en el Patio de los Arrayanes, el sultán, que se sentía como escapado de los recovecos del tiempo, caminó en dirección a una esquina de aquel jardín mágico. Desde allí pudo divisar cómo la cúpula vidriada del Mexuar, alentada por la primera claridad de la mañana, comenzaba a emitir un leve fulgor. Continuó su andadura por las dependencias palaciegas. Se fijó entonces en el pavimento; las lápidas que antes albergaran las estelas mortuorias de la realeza nazarí habían sido sustituidas por láminas de mármol; las taqas de alabastro y adornos con azulejos de las hornacinas aún continuaban, pero faltaban los jarrones con rosas y lámparas de aceite que cientos de años atrás las habían adornado. En las paredes y por encima de un zócalo de azulejos, continuaban escritas muchas de las poesías atribuidas para sí por Ibn Zamrak, pero pertenecientes en realidad a su maestro. Al otro extremo del patio, la majestuosa mole que conformaban los muros del palacio del emperador Carlos contribuía a formar el espacio intemporal por el que discurría aquella colina.

Tras salir al exterior del recinto palaciego, el sultán notó cómo algunos de los muros de las iglesias próximas parecían incluir lápidas del contiguo macáber. Tal vez, pensó, tales lápidas y la piedad a ella asociadas se hallaban formadas por la misma materia, la cual Dios animaba, dando continuidad a su vida, y así a cada instante y a cada objeto, quedando cada uno de ellos pues ligado al posterior y así sucesivamente, y en orden tal que nos acerca o aleja a su Esencia; pero en modo siempre incompleto ¿Sería posible abandonar tal orden; emerger y retornar a través de algún perdido recoveco de la negrura infinita? Podría ser, se contestó a sí mismo, entendiendo el significado de cada uno de los pequeños aleteos del tiempo; ello permitiría una unión sin fisuras… No estaba seguro por completo de haberlo conseguido él…

Todo era paz y quietud ahora en la Sabika. El sol, ya emergido en la línea del horizonte, iluminaba los rojizos tejados de las dependencias palaciegas próximas, atravesando con sus finos rayos las vidrieras de la cúpula del Mexuar. Al otro extremo del arco celeste, una desvaída luna llena moría tras de los arcos trazados en la distancia por una suave sucesión de colinas. El emir, interpretando tales signos como propiciatorios, se apresuró a retornar a palacio; no sabía si aún quedaba pendiente la lectura de algún poema que diera fin a aquella mágica velada.

12 de diciembre de 2016